石榴籽丛书

《民族文学》

精品选 2018—2022

诗 歌 卷

石一宁 主编

作家出版社

图书在版编目（CIP）数据

《民族文学》精品选.2018—2022.诗歌卷/石一宁主编.
-- 北京：作家出版社，2024.5
（石榴籽丛书）
ISBN 978-7-5212-2620-1

Ⅰ.①民…　Ⅱ.①石…　Ⅲ.①少数民族文学-作品综
合集-中国-当代 ②诗集-中国-当代　Ⅳ.①I29

中国国家版本馆 CIP 数据核字（2023）第 247609 号

《民族文学》精品选.2018—2022.诗歌卷

主　　编：石一宁
责任编辑：韩　歌
装帧设计：书游记
出版发行：作家出版社有限公司
社　　址：北京农展馆南里 10 号　　邮　　编：100125
电话传真：86-10-65067186（发行中心及邮购部）
　　　　　86-10-65004079（总编室）
E-mail: zuojia@zuojia.net.cn
http://www.zuojiachubanshe.com
印　　刷：中煤（北京）印务有限公司
成品尺寸：170×240
字　　数：250 千
印　　张：27.5
版　　次：2024 年 5 月第 1 版
印　　次：2024 年 5 月第 1 次印刷
ISBN 978-7-5212-2620-1
定　　价：56.00 元

《民族文学》精品选（2018—2022）
丛书编委会

主　编：石一宁（壮族）

副主编：陈亚军　　　　　杨玉梅（侗族）

编　委：石一宁（壮族）　陈亚军

　　　　杨玉梅（侗族）　安殿荣（满族）

　　　　徐海玉（朝鲜族）　郭金达（蒙古族）

　　　　张金秋　　　　　阿卜杜吉力力（维吾尔族）

前　言

石一宁

　　《〈民族文学〉精品选（2018—2022）》是继光明日报出版社 2018 年出版的五卷本《〈民族文学〉精品选（2011—2017）》之后，编选的又一套作品集。两套"石榴籽文丛"，大致可谓新时代十年《民族文学》的剪影，或许这只是刊物面貌一个模糊的轮廓，却也清晰地印刻了此期间的《民族文学》深深浅浅的足迹。作为国家级的少数民族文学期刊，《民族文学》的这些作品也映现着这些年少数民族作家健步前行的身姿，是新时代少数民族文学的厚重收获。

　　《〈民族文学〉精品选（2018—2022）》仍以中篇小说、短篇小说、散文、诗歌、评论分卷，收入 15 篇中篇小说、29 篇短篇小说、48 篇散文·纪实、60 首（组）诗歌、92 篇评论。2018 年至 2022 年，是不平凡的五年，涵括了改革开放 40 周年、新中国成立 70 周年、抗击新冠疫情、打赢脱贫攻坚战、中国共产党成立 100 周年、中国共产党第二十次全国代表大会召开等重要时间节点和重大事件，《民族文学》设立相关专号、专栏并得到各民族作家们的热切响应。各民族作家们心怀"国之大者"，以对生活的热爱、对人民的深情、对祖国未来的憧憬，倾心谋精品，竭力谱华章，向时代与读者奉献出一篇篇优异之作。收入丛书的这些作品大都以鲜明的民族特色和个性风格呈现中华民族的悠久历史，中华文明的丰富内涵，仁人志士抛头颅、洒热血的悲壮慷慨，人民共和国走过的风雨历程，改革开放的春风吹拂神州大地，城镇化建设、脱贫攻坚、乡村振兴大潮中涌现的新生活、新人物、新情感……这些作品记录历史也反映现实，是中国式现代化进程的美学写照，是历史巨轮庄严行进中的人性絮语、情感唱吟与命运沉浮。诸多理论评论与卷首语，则闪亮着理性的火焰与文学的灼

1

见，是文学思想的结晶与成果。

这五年，也是《民族文学》办刊快速发展、事业继续前进的五年。2019年，为适应新时代少数民族文学繁荣发展的新形势，《民族文学》汉文版进行重大改版，刊物从160页增加到208页，进入刊发长篇作品的期刊行列。自2019年第1期至2022年第12期，《民族文学》汉文版共刊发了15部长篇小说、3部长篇纪实文学，而且大多作品之后已由出版社出版了单行本。2022年发表的维吾尔族作家阿舍的长篇小说《阿娜河畔》、瑶族作家陈茂智的长篇小说《红薯大地》分别入选了中国作家协会"新时代文学攀登计划"项目和"新时代山乡巨变创作计划"项目。这五年，《民族文学》一如既往得到社会各方的关注与激励，北京大学等多家高校图书馆研究和编制出版的《中文核心期刊要目总览》2017、2020年版（分别于2018年、2021年出版），《民族文学》继续入选。各主要文学选刊、各出版社出版的文学年选以及相关文学排行榜，《民族文学》的作品亦颇为常见。

这五年来《民族文学》佳作甚多，但仍因篇幅所限，这套丛书的编选原则是：小说卷、散文·纪实卷和诗歌卷，选入获得《民族文学》年度奖、《民族文学》主办和共同主办的"祖国在我心中——庆祝新中国成立70周年多语种有奖散文征文"奖、"甘嫫阿妞"全国少数民族女性文学征文获奖作品和部分栏目头条作品；评论卷除了收入获得《民族文学》年度奖的作品，主要选入关于少数民族群体创作和文学现象批评的文章以及部分卷首语。在此前提下，还适当考虑民族多样性、90后作家、入选中国作协"中国少数民族文学之星"项目作家的作品；同时，整套丛书中，同一作者只收入一篇作品。长篇作品囿于篇幅只作存目处理。如此这般，挂一漏万的遗珠之憾在所不免，殊为可惜。

《民族文学》是中国56个民族作家共享的文学园地，是铸牢中华民族共同体意识、构筑中华民族共有精神家园的重要载体，《民族文学》的点滴成绩，依靠党和国家的重视和关怀，亦离不开各民族作家、读者和社会各界的关心和支持。这套丛书的出版，亦是这五年《民族文学》办刊工作的一个汇报、一次请益。诚挚欢迎广大作家、读者和各界方家批评和指教。

作家出版社对出版这套丛书的热忱与负责精神，亦让我们深受感动与鼓舞。在此同时鸣谢。

目
录

太阳　月亮

阿尔泰（蒙古族）

查刻奇（蒙古族）／译

太阳　月亮

"太阳月亮

既不远离

也不靠近"

我说。

"彼此遥望

彼此追逐"

你说。

"太阳里燃烧的不是煤

是爱"

我说。

"所以每个夜晚

都会为月亮取暖"

你说。

我们聊着，走着

对望了一下

在一片青草坪上

坐了下来。

"在绿叶的

露珠上

用莹白的字

月亮

每晚都会写信吧"

你说。

"月亮写的那些信

太阳

会在升起时

都要捡起来

读的吧"

我说。

我揪下一棵青草

放在嘴里慢慢品嚼。

而你正闻着一朵报春花

怡然自得。

"他们总有

说不完的话

他们的情话

会化作星星

漫于天际"

你说。

"偶尔说了些

不得体的话

歉疚的他们

会把那些话

变成流星

无情地丢落"

我说。

我说着

从河里捡起卵石。

而你微笑着

抚弄着手帕。

"太阳从梦中羞醒了

起床时

他想用白丝巾

遮住羞红的脸蛋

谁承想

白丝巾也被羞怯染红了"

你说。

"月亮忍了很久

终于在深夜

偷偷地哭了

思念在泪痕里

扎根成一丛玫瑰

盛开在早晨"

我说。

我说着

注视着你的眼睛

你不好意思地

垂下眼睑。

"百花争艳的夏日

太阳站在七彩的桥上

弹奏起

金色的琴弦

诉说着

诗歌的奥秘"

你说。

"恬静的秋夜

月亮坐在杨树枝头

手握着

爱情的见证——玉簪，

静静地发呆"

我说。

我说着

轻吟起普希金的诗句

而你

微笑着说很美。

"矫健阳刚的太阳

在东海尽情畅游时

坐在喜马拉雅山脊上的月亮

会焦盼地等待着

她的情人上岸"

你说。

"他们多么渴望

彼此看上一眼

可无情的世界

鲜给这样的机会"

我说。

我说着

轻抚着马鬃

而你

悄然地摆弄着缰绳。

"月亮

爱惜阳光

可并不占为己有

总是无私地

反射给地球"

你说。

"月亮

虽爱惜阳光

却满足于照亮

额角眉梢

或甘愿被地球遮挡

在黑暗中独蚀"

我说。

我说着

凑近了身体

而你挪身说

走吧。

"在日月的恩赐下

我们的地球

汲取营养

成熟茁壮"

你说着起了身。

"故乡的山峦

在大自然的上首

像主人一样

畅饮着奶酒"

我说着也起了身。

我们上了马

相视而笑

驰向远方。

传　说

——奔泻在美加两国边境线上的尼亚加拉瀑布可谓
　　世界一大奇迹。人们又称其为"马蹄瀑"。

铿锵自远古来

牧妪晾晒着乳酪

她的传说拉开帷幕

远古在铿锵——

"射来一束光

劈向万丈崖

白驹腾起

飞回故里"

牧妪的名字

谓大西洋

"澄澈初成

光霞始淌

马蹄崖上

蓝天在汇聚

马蹄崖沿

白云在坍陷

可谓奔泻的流云

可谓永恒的呐喊"

岁月的苍鬓

大地的闪电

从皎月的奶桶

灌向世界的乳

从美好的未来

注向今日的歌

"你站在

遥远的

近旁

你游荡在

凝聚的

绿野

你徘徊于

纯粹的

门前

你会合于

无阻的

梦中……"

牧妪

挥手道别

铿锵渐息

回归本我

大西洋

正在

礁岩上

晾晒着乳酪……

（原载于《民族文学》2018 年第 1 期）

纸质时代

陆少平（壮族）

纸

信誓旦旦的誓言如钉子坠入纸中
也曾甜蜜慌乱题写在水上
流水落花以倒影和流年的蹉跎跨度
终于可以探究
纸和水的真情假意
后果让人悲哀
谁消失得更快

目光打捞森林叠翠无语后退
远山试探虚拟的云蒸霞蔚
薄如纱的小心翼翼的一张纸
为时光检索压缩而保留物证

在纸上生存的
是否只能在纸上死亡
速朽的真相
洞穿铅火电光
沉淀真切具体的一张纸
连同一介书生
成为一份不可移动的秘密

异常脆弱的纸
易变形损坏
在一键发射的无纸化进程中

纸上——
是否可以再谈兵

声 音

你的声音也是一种符号
温暖细腻的沙漏
像一以贯之的
对一个人的好

今天才明白
我接受的不仅是
　音调磁场语气
而是隐在其中的剔除掉的
　所有的刺伤
虽然轻描淡写
　但是优美让我感伤

事情往往由于
某一偶然因素的出现
　发生变化
附着品附着有声有色
　宛如纸上看见诗词
声音演绎烙上的印记
你直立而丰富

以一种弥漫鲜活生命

我想
那是纸以另一种形态
　刷存在感
默诵转换朗诵
声音的纸屑确定飞雪
找回那个时期
那个时间单元里的人

海　报

所有的故事情节在纸上铺陈
矛盾冲突戏剧化
　使纸张凸显
像支撑起来的命运

现在我站在你面前
每一张脸每一次轻抚的呼吸
移过黝黑而粗大的毛孔

我们彼此清晰了然
隔着·层纸

落差
就是越来越少见的纸的温情

海报的外衣性感
　有型而巨大

流落在城市熙攘中

与茫然的目光人脸惊讶地相遇

　并不断变换

色彩光影赋予的

纸的另一层含义

何谓纸的成品稀缺

留存的海报就像过往年代的标识

是哪个时代的前沿时尚和最强音

我转过身

与你相背而行

愈行愈远

那一张璀璨的纸无限大

　就像

涌动的心潮

在纸笔式微的今天

不肯缴械

纸　片

片言只语

最小的篇幅里完成

　最大的信息量

穿过寒风里灰黑的世界

赴纸片的聚会

　你迟到了

见面说

无限的可能性

坐落在灯盏和酒盏的浅笑里

此刻有了选择

然后是否能使它成为正确的选择

你藏起来很多东西

焦虑和强迫

眼泪绝不溢出

有人说

可能涅槃重生

因为你穿越的瞬间

　　裹挟着决绝的气息

（原载于《民族文学》2018 年第 3 期）

等风来

王志国（藏族）

光阴慢

风吹过七里香枝头的时候

白色的花瓣就雪花一样落了下来

一起落下来的，还有欢快的鸟鸣和遮不住的绿荫

春深处，光影都带着三分香气

草木繁茂，攻城略地不过莞尔之间

只有溪水柔弱，如琴弦，从云端起韵

滑音而下，半山腰那一条颤巍巍的小路

是散落在民间的副歌，在时光深处回还

最抒情的也最险峻

一路跟随到山顶的绿

这四季永不停息的和声，绿到了天边

也无法被天空的湛蓝所接纳

悲伤的是，山脚下，青草的仰望

丢失了清澈的露珠，一朵野花

是苦命的穷孩子，荒野里

不知疲倦地朗诵春天的诗篇

一张脏兮兮的小脸，是缓慢的光阴

从草木间翻出了一个人的孤单

我担心无法应答世间的苦难

小寒夜，不见风雪漫卷
亦不见故人远道而来
只有敲窗的细雨，滴答，滴答……

每一声，都那么绵长
仿佛旧历里的疼痛
正在找寻，妥帖的安放之地

今夜，雨水冰凉
闪着微微寒光，仿佛上天
在给我们传授一种新的技艺
抵抗时间的流逝和亲人的苍老
小寒夜，炉火旺盛
跳跃的火苗蹿动着向上的力量
像要脱离尘世的纠缠

围炉而坐的光阴正在把一个人慢慢变老
八百公里外的寒风从电话那头吹过来
两年未见的兄长，颤抖的声音里
飘着茫茫大雪
我木然地拿着手机半天不敢回话
在亲人的死讯面前
我担心，我找不到合适的语言
应答世间的苦难

时间是一剂良药

时间是一剂良药

缓慢地为众生疗伤

生活有时是文火，有时是烈焰
每一个人都仿佛是一味中药
在世俗的药罐里煎熬
甘苦自知，却又身不由己

当我们在尘世间相遇
是甘遇上苦，酸拥抱甜
短暂的相逢
是慢火怜惜清水，泪水安抚忧伤
是红红的眼眶释放了汹涌的波涛
是温暖的怀抱突然抱住了悲伤
聚散离合，不过是瞬间的去来
来者聚，去者散

人间是一座浩大的寺庙

满天星光的夜晚
是慈悲的神俯下身子
宽容一切的时候
旷野上的风声，佛龛前摇曳的微光
谁能分辨光阴的深浅
谁能说清一个人的一生，蓄积的罪孽有多重
众生喧哗于生活，必将死寂于灭亡

"人生来就是有罪。"活着，就是救赎
而死亡，是原谅，和被原谅
人间大地不过是一座浩大的寺庙

尘世间到处是被欲望点亮的灯
每一个人都是修行者
他们怀揣一颗不轨之心从人间经过
追着太阳升起，赶着落日下垂
不断地往西天倾注热血
在低矮的人间点燃香火
不是想借着香火的阶梯
把皮囊里鼓胀的贪痴怨憎
星光一样还给苍穹
而是梦想神一样站上云端
原谅自己，曾经在低处犯下的过错

山林记

阔大的山林
随处皆是落叶的坟场
秋风奔走的地方
也是草木留恋的所在
在这里，十万棵树木就有十万种孤独
阳光从枝叶间洒下偈语
风用吹拂传递秋天的消息
低矮的草木向上生长
高处的落叶向低矮处飘落
生与死，在彼此的阴影里
互相拥抱

扫雪的人

她把自己的腰身放得很低

挥出去的扫帚，不像是清扫
倒像是在轻轻安慰
大地上这些无家可归的孩子
白茫茫的道路上
扫雪的人，红色的羽绒服
像一团火在燃烧
她迟缓的动作，是跳动的火焰
一炷香的时间，她就把一条在白雪里走丢的道路
缓缓地领回了家

她相信每一条路上都有神灵往来
每一种苦难都对应着慈悲
无法言说的悲苦，是她身体里隐藏的旧疾
时刻噬咬着她的心

她说，青烟是众神向上的阶梯
落下的泪水，才是一个人身后点亮的灯

青草赋

在冰冷的夜空
我将指定哪一颗星斗
为逝去的亲人引路
今夜，满山的青草
聚集在星空下，拼了命地绿
谁也不担心生死枯荣
仿佛每一个星斗都是有供养的神
仿佛只要高处的星光在闪耀
所有的绿就值得

草木的悲喜如此简单
春来，捧出一片绿荫
冬至，就用枯瘦的筋骨
把大地抱进怀里

生日帖

那一天，暗夜里的一缕光
被一声啼哭唤醒
那一年，一盏灯在佛前有了供养
……时光奔涌
犹如暗影向灯芯围拢
岁岁年年，时间的灯油煎熬着聚散生死
灯光照不亮的地方
掩藏着成长的伤痛与欢爱

人生，如一念
生如草棵，卑微却坚韧
死如灯灭，不过是世间多了一处阴影
一朵从光阴里开出的花
一支点在佛前的香
这光的伤疤上
结的是欢喜的痂，聚的是疼痛的灰

初九日，农历里寻常的一天
细雨打湿初冬的寒凉
轻风吹散的灰烬，是一个人
生之疲倦，逝之愧疚

等风来

院坝里的豌豆荚
在经历了一阵剧烈的抽打后
都噼里啪啦地炸开了嘴
滚动的豌豆，像一群久别重逢的兄弟姊妹
在低处汇聚

母亲在前面收拾豌豆梗
我在后面扫豌豆
归拢的豌豆籽粒饱满
像一座小山

那一天，我们倚靠在豌豆堆上
——等风来

晴好的午后，风来了
风吹走了豌豆的母亲
也吹走了我的……
空荡荡的世间到处是孤独的孩子

突然想起，那年秋天
撒撒孤那个青松环绕的山弯里
母亲坟头的经幡像风中吹乱的豆荚
刚刚垒砌的坟茔，比当年的豌豆堆更高大
跪在坟前，风吹着我们四兄妹
像风吹过滚动的豌豆
再没有一粒可以回到豆荚的怀抱

当悲痛的人群相继离去

年迈的父亲从身后拉我起身
他布满老茧的手，粗糙而温暖
像簸箕的围栏
及时拦住了一粒豌豆就要汹涌的波涛

风吹着荒凉的人间
坟龛里摇晃的灯影
一张哭花的脸
等风擦

覆满月光的小路

月光洒在弯弯曲曲的小路上
小路就宽阔起来了
仿佛黑夜突然往两边的草木上后退了几步
让出了一线虚空

走在覆满月光的小路上
其实就是把一根银色的绳索
从黑夜的腰间拽出来
把自己惊慌的脚步声拴在身后
抵抗紧追不舍的黑暗

如果，前面突然出现一条熟悉的岔道
我会趁机把脚下的月光分成两绺
让粗的那一绺把夜晚引向旷野
继续追赶那个怕黑的孩子
只让最细的这一缕月光
在狗吠声中领我回家

雨 中

整整一天，风轻柔地吹着
细雨就那么自由自在地飘着
真是迷恋那些在细雨微风中暗暗生长的青草
弱小、向上，没有一点儿忧伤的样子
仿佛全世界的幸福
都掌握在它们的手中

暮晚的两棵树

太阳落下去
像一个完美的句号
喧闹的一天
就这么结束了

在越来越重的黑暗里
两棵树，从黑暗的原野上站了起来
像大地的两条腿
穿在晚风的裤子里

心灵的牧场

神的牧场上
每一棵青草都是慈悲
每一缕山风都暗含怜悯

端坐在神的牧场上

一想到半生将逝
身后薄凉的影子就向我靠了过来

这些年，我一直在努力往高处走
尝尽奔波之苦，换来的依旧是疲惫
尽管，这一切神已经宽恕
但在这虚无的尘世
生死枯荣
一如大风过隙
裹沙挟雨，哪管悲悯沧桑

（原载于《民族文学》2018 年第 6 期）

我的疑问随风飘散

阿苏越尔（彝族）

我是云，一朵朝圣的云

如果成为一条道路，我宁愿迷失
在西藏偏远的阿里山区
如此，当你叩上数不清的等身长头
抵达大昭寺
我的坎坷命运才能配得上你的祈祷

如果变作一阵狂风，我宁愿坚守
在风雪交加的唐古拉山口
这样，当你在雄伟庄严的布达拉宫
点燃佛香时
我的苦难才能配得上佛的度化

而我是云，一朵朝圣的云
朝觐途中，偶尔被雨水牵绊
时常失足于影子的黑暗
当天空万丈光芒，一朵云
已在五彩斑斓之中得到涅槃

拉萨河，藏语中飙出的高音

放下执念的刹那
唐古拉山的积雪融化
隐藏在深谷中的野兽冲下山口
拉萨河，宛如藏语中飙出的高音
在我的耳畔久久回荡

我是一头被无明驯化了的野兽
这一天的所见落满世俗的尘埃
从河上横切过去的三号闸门
像一根裤带箍紧了河流
河水慢慢囤积，海鸥的嘴针扎破宁静
我没有翅膀，属于宁静的尖角部分

挖掘机在河堤上刨松了上午的时光
太阳下，我拔不出目光的浅薄根须
闸门下泄漏的水流步履蹒跚
形同刚刚走出医院的康复病人
尘土落在宽敞的河面上
很快不见踪影。仿佛又一个念头
在河流的头脑中一闪而过

有一些鹅卵石留在了岸上
它们无缘继续扑倒雅鲁藏布江的野性
河水的响声孕育了新的宁静
重现昨晚"岗洽斯玛"餐厅的藏语
明快有力。所有的遇见都带来启示
英勇的松赞干布用公元的器皿
装走了拉萨河清澈闲散的童年

无须怀念，吉日已经择取
就算占卜的高僧还没有到来
阳光照耀着河谷，也照耀着远方
落在山坡上收割青稞的妇女放下农具
托起时光中的一小片羽绒
抹掉汗水，也抹去内心的执着和挂碍

祷告声中生生不息的河流啊
在不断加固的河堤内奔涌一生
而我们却习惯于
在宽松的时光中走走停停
停停走走，任时光在岸上先行老去

大地泛黄的宣纸上，秋天正越过头顶

在大地泛黄的宣纸上，秋天正越过头顶
雪莲花羞涩，不愿从歌声中下来
在解开一颗纽扣之前
镀金的树叶急着撇开它黑色的根须
从一棵树的枝头，飘然而下
有一瞬间，我甚至以为它有了翅膀

在大地泛黄的宣纸上，脱下伪装
寺庙金色的屋顶同时映入眼帘
布达拉宫广场边，一位跛脚的藏人走来
他的拐杖支撑了即将西斜的夕阳
来自昌都的话语温柔敦厚，目光喜悦
宛如待售的佛珠被树荫遮去一半的光明

从山南的土地上来到拉萨扎根的普桑
带来了三条洁白的哈达
在新开张的岗恰斯玛酥油茶馆
他无意间诉说起家乡的那些远和近
心中的感慨化成手中的一杯酒

醉人的秋天我无法一饮而尽
从唐卡明亮的背景中抽身
无须安检，八廓街的热闹就进入
一杯酥油茶里，我们正襟危坐
再次谈起秋天，树叶般飘零的命运
生命中的虚幻和空性，因缘和业果
那些近在咫尺的等身长头

汇入转经的人流的那一刻
我已不是一片树叶，是一滴水
干净透明，没有刀砍斧削的棱角
继续走下去，即使到了雪花纷飞的时节
你也不会在虔诚的人流中
找到一个顶戴雪花圣洁花瓣的诗人

雪花一眨眼，青藏高原就献出了贞洁

青藏高原连绵不绝的时空铺展中
更多的雪花开始倦乏迷路、伤心落泪
放弃白头偕老的誓言逃亡

一只豹子，从眼前一晃而过

锋利的牙齿已经脱落
咬不动数百万年前隆起的命运沧桑
另一只豹子，从东方喷薄而出
它的猎物在高原之上完整呈现

藏羚羊的角，牦牛的舟
道路两边天真无邪的积雪
纳木错圣湖接纳了晨起的光芒
面庞黝黑的藏人拨动佛珠，羊年转湖
梵音融化了内心的冰块

宏大的史诗描述止于珠峰的险峻
守身如玉的雪山女神
所有的美丽都臣服于她的娉婷
让爱恋的人望而兴叹
一朵长生不老的雪花，凝固最高尊严

在众神的面前，所有的白
都将得到抬举，破壳而出的真理
面不改色，掩饰众多河流的去向
以脆弱的生命之躯苟活
分享时光的豹子撕咬猎物过后的死寂
高原之上，死亡的寂静就是最初的白
无声，所以心生欢喜
所以与天地的沟通无限畅达、痛快

黑夜无法染黑的雪白，就着笔墨
把一张白纸铺展在高原宽大的书桌上
万物落入睡眠，被自己的言行所伤
一切之白，都是骨头生根的颜色

瘦弱的白雪，扛不动一次梦中的迁徙

只有在太阳底下，雪花才学会放弃
承载不起一丝温情的、皎洁的白雪啊
身姿曼妙婀娜，面庞如花似玉
一眨眼，高原已献出亘古的贞洁

手捧祁连，我的疑问随风飘散

"亡我祁连山，使我六畜不蕃息；
失我焉支山，令我嫁妇无颜色。"

民歌经久不息
无须穿上铠甲就已刀枪不入
仇恨和名利涂抹的疆场
被岁月肥硕的舌头舔舐干净
史书残留的遗骸上草色青青
泯没了疆域的界碑
雪山巍峨，目视前方

牛羊咀嚼不出的原籍
在血腥的战斗中没了踪迹
牧人背靠夕阳，轻声哼唱
当奔驰的骏马屈服于缰绳
骑手重拾史籍中的呼吸
手捧祁连，我的疑问随风飘散

祁连山，匈奴匆匆北逃
留下一首忧伤的民歌断后

西汉大军饮马山下
池水清澈如镜，但死不瞑目
雪山之上，天空壮大

此时，季节正在挥舞银锄
放下刀剑的祁连山，或已立地成佛
民歌中的感怀却清晰，如一缕白云
"亡我祁连山，使我六畜不蕃息；
失我焉支山，令我嫁妇无颜色。"

我只好提着秋天的灯笼来见你

即使走到了九月的尽头
你都还不曾幡然醒悟的话
我只好提着秋天的灯笼来见你
这迷途知返的大雁啊

景区路上，游人如织
在秋天没有经过塔尔寺之前
山峦的八瓣莲花早已盛开
香熏整个青藏高原
超拔的意志，胸中次第展开

万千卷帙集一身的青藏高原啊
翻阅塔尔寺这一雄伟篇章
一棵菩提树便撑开了念想的枝叶
叶脉中藏匿的深深浅浅的佛理
像隐秘之光照彻众生
阿妈背水路上憩息过的石头

抢在导游的解说词前频频点头

谁说宗喀巴十六岁就已离开家乡
在秋天经过塔尔寺后
佛的气息更加充盈天地之间
供果丰盛，供灯闪烁
诵经的僧人合掌于胸前
熄灭尘世的纷扰和罹难

即使大雁放低姿态腾出了天空
被吟诵的佛经还是留下飞行的足迹
莲花，是群山的顶礼膜拜
也是诸法空相，在秋天的底座上

（原载于《民族文学》2018 年第 8 期）

在海上

夏　花（蒙古族）

起　锚

疲惫的摇篮
托起整整一船人的白日梦
出发，我们的前途是夜夜笙歌

曾经在远方，现在是脚下
海一直在，如同美一直在
与世间的丑相安
出发，从灰头土脸的生活中退隐
寻找那朵玫瑰色海浪

以身心呼唤海的人，也被海呼唤
出发，谁还在背负陆地前行
从一种沉闷，到另一种沉闷
正午云霞洒下粼粼波光
海霓虹迎风，迎太阳高远，一件件
脱去他厚重的行装

在甲板上奔跑的人

与海浪为伍

与海鸥为伍
与头顶无端的蓝
耳边透明的风为伍

捆住双腿的人
此刻插上两翼
活着，总要给自己一点儿小恩惠
把落满灰的日子
狠狠甩在岸上

海的前面还是海

海的前面还是海
爱的深处如何还能爱
我有一望无际的继续，和它
可想而知的底细
我们都在　它的掌心

2018 年 2 月 9 日 6 点 42，天蒙蒙亮
合上书——如果大海也有折页
像人类执着于记忆

——整整一天处女星号
行驶在茫茫海上
不抗争。划过海巨大的掌纹

在海的眩晕上眩晕

我发誓用指尖抓住了

浪的最巅峰，与死亡相似
抓住了，欢歌与绝望纠缠的
一瞬……我发誓

从高潮中退出
海轻轻脱下浴袍
脱下传说中的圣洁
向我致敬
比起上一秒的癫狂
他此刻的宁静更让人倾心

在遥远的陆地
风的手指缓缓拂过片片原野

无限海

海自己推动自己
一波浪追着上一波浪
嘴唇挨着耳边喃喃私语

冷峭的星穹下
一只手握紧另一只手，远离人群
两个闪闪发光的人还不肯入睡

海上听雨

雨落在海面上
和落在地上多么不同

归乡的游子

围炉，点着暖灯，和母亲絮絮了一宿

清晨，你看不到雨来过的痕迹

只发现大海的幸福

比昨天，又多溢出几寸

我与海从没有约定

陆地上活了半辈子的人

第一次认真来到海深处

和以往的海边不同，却不陌生

看日出日落，吃一日三餐

与海四目相对，像两个久违的人

向海平面极目，测量我爱这人间的深度

我与海从没有约定

也从没想过，必须有一场专程的探望

据说真爱会一直在，等着某次偶然

比如此刻，一夜颠簸

光透过列车的窗打在脸上

闭上眼，微微的起伏中潮涌，潮落

分明，海就在心中

赤 子

问候早晨，正午，黄昏

问候时间本身

但不贸然问候夜晚，夜晚的海恢复独处

黑暗中守着自己，缓慢推移

你看不清它缓缓挪动的一颗忧心

经过了经线和纬线

经过时间之笔画下的网

像咒语，经过四边形扁平的格子人生

但不能说经过了海

多少水的聚集

多少千年，万年

多少冤屈，悲痛，秘密，理想主义

海是你的所见无法穷尽的赤子

就那样站立着，地平线下

越来越辽阔的底部

站成回不去的故乡

我相信过海是人类的序曲

如今，它是否将在终曲中暗泣

（原载于《民族文学》2018 年第 8 期）

梨花镇

冯　冯（回族）

梨花镇

四十年前，它是中国北方
一座羞答答的边陲小镇
荒山上埋葬了我的爷爷奶奶
举家迁往城市
我把一件穿了两次的花衬衫
留给我的邻家女孩

家乡的笑貌音容
在记忆的传输带上
被光阴慢慢抛下
只有仰望和北归的
雁群的影子
还在那片土地上掠过

花开时节省亲祭祖
香风吻过村路上的还乡人
梨花瓣飘进车内
遮阳远望他日荒原
梨花堆雪把小镇藏起

钻进梨花园

雪荷花里捉迷藏
经年后的笑声
震落满头梨花瓣儿
春色愈发隆重

我去寻找穿了两次的花衬衫
乡里新邻捧来梨花酒
等到秋日变秋梨
让梨花镇的梨汁
把我醉倒在祖上的坟旁

母亲的发辫

如果我有些许恍惚
那一定是我置身夏
竟不知夏去了哪里

夜隔疏雨夜隔梦
母亲欢喜把她的芊芊发辫
编织成秋千
挂在月亮上
她的一双儿女
如青草般鲜嫩
笑声荡向云层
时光被摔向身后

风起离愁风起寒
母亲烦忧把她的乌黑大辫
伸展到远方

变成两条义无反顾的铁轨
思亲的人呀
将深浅不一的足印
和母亲的发辫一起缠绕攀缘

如果，我说如果
一切回到当初的模样
如同以一种疼
掩盖另一种疼

空椅子

我在泛黄的一本旧相册里
见到一把空椅子
它已经锈迹斑斑
上面落了多少夜色
它才这样沉静？
上面落下多少年的寂寞阳光
它才这样衰老？

这是一把赭黑色的空椅子
看上去像是我祖上的面容
听说这把椅子
还留下过爷爷奶奶的爱情
他们在当院里晒过太阳

坐在上面的人
他们都曾是我的亲人
如今一个个相继离开

这把椅子已经老态龙钟
我依偎在它身边
像是它的孩子

我坐在上面
等着我的孩子回来
露出庄严的神色
是想让她看见我曾看过的
祖上的模样

我好好写诗，你好好爱我

我好好写诗
你好好爱我

这夜色太美
风点燃一支烟
靠在夜色里
把夜吻成娇羞的月牙

晨起的炊烟
白色的咖啡
把它放在我的心上，一动不动
远处的江水像产后的母亲
把它放在我的心床，一动不动
阳光是太阳搭建的云梯
挂在楼群上，也照进我的心上
一动不动

你好好爱我

我就好好写诗

我就会住进你的眼睛里

你牵住我的手

春天就会从露珠里

滴落下来

我好好写诗

你好好爱我

（原载于《民族文学》2018 年第 8 期）

细微的事物

鲁若迪基（普米族）

小二坪

与我们相邻的村庄

现在只剩下名字了

那些彝人

选择一个个吉日

天还没有亮

就搬迁得无影无踪

猫是绝对不能带走的

被主人遗弃的猫

现在统治着这个村庄

那些荒芜了的土地

适宜种植玛卡

这种被旅游区导游

吹得神乎其神的东西

看上去和蔓菁差不多

不过，因为很多人相信

它能给人神奇的力量

所以，还有人不停地买

还有人不停地种

因而，这片无人耕种的土地

又被人种下了梦

可是，在播种的日子

人们还没有从暮色里

回到临时搭建的工棚

那些变种猫发出的怪叫

就让他们惊恐万状

更让他们不寒而栗的——

一道道幽蓝的光

从废弃村庄的深处

颤悠悠飘来

谁不小心看上一眼

就不由自主地

被吸附过去

最终无声无息

我恰巧走在那条路上

这条路有点偏僻

我踏上去的时候

前面走着一个

穿短裙的女孩

她发现我以后

步子加快起来

也许我的步子有点大

她开始小跑起来

但她的高跟鞋不能

让她的速度更快

她不停地回头看我

内心的慌乱

在她零乱的脚上跳跃

看到她那么紧张

我只得放慢步子
甚至东张西望
与她保持一定的距离
可是，这样的结果
越发让我不自在
到头来
我已迈不开步子
索性蹲在路边
成为一块石头

下龙湾

一个越南女孩
用不太流利的中文问我
"您最近工作忙不忙？"
还甜甜地说
"向您父母问好！"
我感动得热泪盈眶
她不但关心我的工作
还关心我的父母啊
这一幕不小心
被雷平阳看见了
他说鲁若不错啊
还和越南女孩相谈甚欢啊
可是，他哪里知道
那个女孩仅仅学会
那么两句汉语
而我连一句
问候的越南语也不会

这是接下来

我同她交流的时候

才发现的

可惜，她早被一首诗引走了

没有看到我的遗憾和无奈

现在，无人的时候

想起下龙湾

我会用那个女孩的口吻

唤醒美好的记忆

在不停的重复中

我的舌尖如莲的宝座

慢慢打开

洋涧槽

不经意间

回到了三十年前的伐木地

只是，不见了那些伐木人

从四周的密林里

雀跃着走下山来

只是，不见了那些小摊贩

一个个工棚间

吆喝着兜售

只是，不见了那些女工

系着围裙

在简陋的食堂忙碌

……

一切都不再了

空荡荡的

就像我此时的心
密林一样的人
被谁砍伐走了？
我木桩一样站着
仿佛在等待
一场浩劫后
荒芜和落寞的判词

感受时光

阳光透过窗
落在书上
再翻一页
应该就会有风了
让风把这些文字带走吧
到了远方
再让它们
飘落成一个个人
……

时光里静坐
阳光的每一寸移动
都能立起我的一根白发

（原载于《民族文学》2018 年第 9 期）

游上天桥的鳗鱼

艾傈木诺（德昂族）

迦叶寺

风吹灭迦叶殿上青灯，古佛
微微一笑，红尘不乱，佛门静
谁逃过凡人的纠结，檀香木的尊者
默默不语，道出世间万千行

无刃之刀，靠近心，就刀刮老去的人
靠近医院，就让我遇见病人
就让我唱着歌，在夜里点亮陌生人的灯
迎接从噩梦中醒来，醒来的，醒来的

那些暮雪和晚雨。一生苦厄，敲响木鱼
可否换你，一念慈悲。十卷经文
一支禅香，可否唤你，一丝善意
寺是迦叶寺，那个上山的人，却又不是你

清凉殿的夏天

面向东北的幻墙上，画着荒海的波浪
今春红绫，已织成暮年的长衫
穿在夏天身上。在清凉殿，推开半扇窗

看见天空，日月起变迁，一朵石榴拘谨于盛开

而香艳蔷薇是蝉声的弦音，露匿入夜
巧在晨光中殆失蛛丝，马迹现形于夏虫的初鸣
将昼夜都搁在心头，寻个喜欢的人，一起
去辜负朝歌婉转，病雨清凉，向寂寥递交辞呈

今生仅有的闲心，只为等一封从幻海
寄来的信札，竹简上，结着篱笆墙和牵牛花
大雁飞得很好看，箫声吹过清凉殿堂
今夜，必将有两个月亮升起，一个剪纸幡

一个裁布袍子，一个是人影子，一个是肉身子
一个以符咒降魔，一个用换季告慰变节
一个以虚词和妄语通灵，一个用情怀解释人间
明月有光，照四方，悲伤与爱同生长

筇竹寺的野草

这个春天，含苞欲放是一种罪过
疲劳的不只是野草，那些桃木
面如竖琴，无弦，却要纷纷落下红迹
要光秃秃地让出枝条，给芽生长

一蓬竹，小笋才是希望点的灯
一节，搭着一节，另一节，及另一些节
讨命，打坐，冥想，磨一扇读影子的镜子
黑衣也好，白衣也好，我们都是慌心病的邻居

天衣无缝，出野草，异乡留给蚂蚁
在这个春天的心上安座庙，念禅、诵经，种莲，敲木鱼
然后，问生，也问死，问有，也问无
只是，不问你，不问真言，也不问苍穹

我与一条江，曾被端在一碗水里，淹死了你
活着就要川流不息，只有骨肉分离，不遇，不见
不思，不念，前世没有今生真，今生
没有来世远，做棵草，只把头低在春风里，多好

打　坐

断念。除妄想。去向佛
歌中人易老，舞里世缥缈

闭上双眼，尘埃就被关在门外
瞑默中，浣溪，织布，造船，过桥

等一支香安然，却遇见焚消不了的秋愁
玉殒在空的挣扎，看见自己
陌生的心房，行着六根的恶
亲证无为，念起不随

我胸中的野马，何以为草
每一根骨头，每一片肉体，每一寸肌肤

都是欲望，都是念头，都是罪孽
心起，念的翅膀，穿不过我的凡尘

游上天桥的鳗鱼

站在天桥上，看月亮，天桥上
有十四棵苹果树。手中的烟火，闪闪发光

世界的外面，还有另一个世界，住着情和欲
他们养着一尾火海里的鱼，带我

穿过珊瑚丛林，绕过水草的禁区
我和水母一起伏下身，你就是，跃马亲征的帝君

游上天桥的鳗鱼，用一朵莲花，商量我们的来世
然后，退回悬崖，各奔前程

一季雨水，腐朽的落叶，在沉默里打开
肌肉的香气。月亮睡了，迷迭香已消亡散尽

我款款，游在水底，为那些杳无的音信
守口如瓶。那些虚空里，捉来的人影

被这夜色蒙蔽。你跳下战马，脱下锦袍
换上布衣，逃离。陌生是慈悲的堤口，那些缓慢的生命

就是千军万马的溃退，我在哪里，哪里就是
故国。我路过天桥，天桥上下着月亮雨
思念的旧瓮，收积天上水，白色是欢梦，紫色是别离
而我的一生，不够看完，你转身之后的背影

还有谁知道，我渴死在，这焦急的月光里
另一个世界，住着一条鳗鱼，住着天桥上的我和你

我可怜，我的心

我可怜，我的心，可怜
她春天要埋那么多残疾，残忍，残渣
那流水，还要把一把一把的残花
带走，那云彩，还要一层一层，牵着手
离开，还要把去向，隐瞒她

我可怜她，黑夜读书，白昼写信
却找不到夏天的地址，那么多的心情，心事，心疼
只好压在蝉声鸣过的箱底，盼着下雨
盼着，燕子，蜻蜓，蛾子，低低飞
我可怜她，前世穿了一双爱情小鞋
挣到今生，还要躲白露点霜，白蒙蒙草芥刺棱

秋天的虫子，长遍她的肉身
只有一只蚂蚁啃着骨头，爬过她心房
她初绽的蓓蕾，风一吹，就是陈年旧事
她蹚过一条河，洪峰之后，就是永世的断流
我可怜，我的心。遇见你，就是萧条隆冬

寒夜，沉默着，掩藏唯一怒放
那一夜，她冻死在冰凉的绝望上
那一夜，她以为，她找到活在这个世上名叫亲人的人
我可怜，我的痴心，我的妄想，我那
飘飘荡荡的虚念，飘过木槿树冠，在空中荡漾

借你的心，给我用一下

世界太大，转身就不见了你

我背着你，用倔强的骨头，熬一湄水
淹没柔韧，利穿万物，不辞的悲伤
因为，沉入河底的时候，你在我心里

我背着你，用泪水的焦灼，点一塘火
思念是隔壁的仇家，在伤口的窗前
用毁弃取暖，眼睁睁，看见烈焰围困自己
因为，化为灰烬的烙烫，烧疼了我

我背着你，拆下一根沉默的肋骨
当梁柱，顶着我的房子，撑着我的家
这根硬骨头，给自己搭一条悬梯
通向，人间，所有修行的门

借你的心，给我用一下，好吗
我要在那里，下一场雪，让每一片
雪花，容忍我的苍白，飘零是栖身之所
冰是泪的悼词，化水，就脱掉护身的铠甲

我要在那里，开一个铁匠铺，打刀，磨刃
我要在那里，开一个染房，染布，种蓝靛
我要在那里，开一个药店，治病，店名叫大方
我要在那里，找乡下那间老房子，你一直

躲在那里，等我老，等我的刀锋，凌厉
割布裹尸，等黑蓝色长成定局，入棺
等我抽尽骨头，大方药铺在人间，郎中是你
救命良方，就是把心借给我，去下一场雪

（原载于《民族文学》2018 年 9 期）

潦草的光芒

单增曲措（藏族）

尼　森

格桑拉

我的姐姐

你是昨天

卓嘎拉

我的妹妹

你是今天

央宗拉

我的阿妈

你是明天

绿色的草原

天真的道理

潮湿的牦牛鼻

潦草的光芒

夕阳西下

牛铃铛

一声

两声

三声

黑色的夜钻进我的眼睛

一滴

二滴

三滴

雪　夜

翻过篱笆墙
用肉堵住藏獒的嘴
三脚炉子
为那些
失去的夏天
取暖

碉楼里的阿哥
雪在流泪
石板上的乌鸦
在你梦里悠游
牛毛织的毯子
繁殖着相思
雪水
请不要冲走

使劲地爱你

白牦牛不认识我
黑牦牛不认识你
我不认识你

前世和今生是两个轮回

阿爸的曲巴拴住了烧黑的夜

黑缎子裹成毡房

勇猛的藏獒

人参果繁殖我的欲望

阿妈的阁楼太小

剥落的灵魂

唤醒我去做记忆里不敢做的事

爱你

使劲地爱你

阿　吾

阿吾

爱你

世界上那么多的人

除了你

都是多余

我给你佩戴的藏刀

可以斩断

锈迹斑斑的执念

阿尼巴桑说

是刀刃挡住了我的眼睛

珊　瑚

香格里拉的秋天

狼毒花因你而疯狂
红色之爱开始泛滥

一朵朵酥油花
喃喃低语
我站在菩萨的手掌心
穿过菩萨的手纹
在无名指下
我看到了你

我是白色的
你是黑色的
高原越来越高
我和你
黑和白

月亮
太阳
无法相见
别离的上空
能有相会吗
我问菩萨
时光可以倒回吗
我用爱烧红珊瑚
用珊瑚为你铺路

雪　莲

晚上

阿妈给我打了酥油茶
我喝下
根本睡不着

蒙眬中
看到你的臂膀
轻轻抱着我的头
所有的不安
所有的不悦
都跑向树林

月亮
递给我一朵白色的雪莲
她说
一朵雪莲
就是一个爱人
此生唯一的爱人
当你在梦里找不到出口时
雪莲在你梦里

（原载于《民族文学》2018 年第 9 期）

一些流水正向西去

丁丽华（彝族）

一座长满水的山

她的脚尖，指尖，小腿，大腿，肚脐
后背，前胸，都沁满水
装不下的水流出来
由石门峡负责接收，送走
站在石门峡深处，我也举目相送
透过阳光的缝隙，我窥视到她的眼里
也装满了蓄势待发的水
为避免引发她眼里的水流淌，我收起悲伤
真怕石门峡接不住，也无法相送
也怕她的余生，会就此止不住泪水
更怕一座山，在泪水中崩塌

盛夏光年

窗外，太阳挂在枝头
一起挂在枝头的，还有芒果
太阳比芒果大一点，黄一点
于是，它便赐予这些芒果黄金般的颜色
每天仔细晕染，打磨
像母亲把爱给予孩子一样

细致而情深
这盛夏光年的喜悦
全部都藏在
一轮朝起暮落的太阳底下

大风穿堂而过

火就那样正经八百地站在屋子中间
照出每个经过的人人心惶惶的样子
其实火也慌张，比松明燃烧还慌张
炭火开始红起来，散发着热
火焰飘起来，尖上配有一抹蓝
大风穿堂而过，带走浓烟夜色，污秽和不安
手上月牙色的疤痕提醒我
那些温度失控的事物
是会带来伤害的，需要远离

一些流水正向西去

更多的热淌过来。脚趾
还沾着清晨的露珠。风
无所谓地吹着往事
文字一个一个出生在田野
我希望它们像麦穗
泛着金黄，让人视觉愉悦
月亮升起来了
一些流水正向西去
带着我曾经说过的甜言蜜语

如果刚好经过这条河流
就算是，我把它们
重新对你再说一遍

赶马人

语言交给马，脚步交给山路
我只带了耳朵行走。听马背上的茶叶
布匹，盐巴，香料喋喋不休争论
风雨从山外赶来，日子像云朵游走
泉水知道的故事最多
千家寨大门外长满了青草
铁匠铺的刘铁匠替我给马钉上掌
赌坊里塞满女人的笑声
木头上长出的耳朵，和我一起
倾听身边事物的交谈

绣球花开

我记得它的味道，臭臭的
小时候故乡有它的身影
春夏开各种颜色的花，大朵大朵的
那时我种花，菊花白得像雪
阳光也化不开。昙花只开一夜
开花的夜晚，我守着它入睡
我给太阳花几滴水
她就从瓦缝中长长地垂下，开花
朝开夕败。在李润之故居看到绣球花

开着各种颜色的花，大朵大朵的
只是这一回，我没有闻到臭味
肯定是李润之的臭
掩盖了绣球花原有的味道

戛洒之夜

红河水的涛声就在枕畔，听了一夜涛声
河里的鱼再往下游，就到了元江岸边
河水闪着金光，一朵朵浪花开在梦里
走了三百六十五步才到花腰街。摸着黑
把酒喝下，看花腰姑娘笑意盈盈婆娑而过
我喜欢戛洒的温暖
和喜欢故乡的理由，一模一样

去新平

大片大片的
金光菊像阳光般开在路边
像梵高的向日葵，浓烈的金黄色
它们把根插入大地，深深地
只有这样才抵得过天旱雨涝风吹雨打
河岸边的芭茅草长得那么高
水蜡烛开始吐出蕊
离新平还有十三公里

我总想起她。她应该在新平
开一家民俗客栈

客栈有雕花的屋檐、门窗
青砖铺就的四方天井
院子里有很多花草，天竺葵
一年四季都开红色喜庆的花
也有兰花，不常开。雨水后
空地上会长出嫩秧秧的芨芨草
她坐在院落里泡茶、绘画
插花、弹古筝
天气晴好的时候，她就约我
快到新平来

茶，越来越酽了

喝茶是一种仪式
水声哗然而起时就想到石门峡
声音里长满了故事
一座山挤着另一座山
送出流水
洗干净了空气
阳光，树枝，以及鸟鸣

把温度设置成石门峡的石梯
搁下笔墨情怀
眼前的琐碎之事和密密麻麻的文字
透过一杯老班章来化解
从浅黄一直到浓密的金黄
茶，越来越酽了
像初秋要落下的叶片

我们一起爱过的事物

1

夜再一次陷入黑暗
阳光底下，也有黑暗存在
低首，用固定的姿势俯视大地
唯有土地，让人安心

2

泥土柔软，像乳房
有更柔软的事物
心甘情愿化为它的一部分
或者覆盖在它的身上

3

泥土坚硬，如刀戟
有更锋利的事物刺破它
越过它生长

4

挨着大地坐下去
那些低矮的庄稼一下子长高了

5

水在脚下
天空在水里
浮云在水底游动
太阳在水的最深处
捉摸不定的风

在水面上跑来跑去

6

夜在水底摇晃
水能容纳更多事物
野草飞鸟蜻蜓褐色翅膀的蝴蝶
统统储存在水里。在水边坐下
那些高远不可及的事物
统统收归脚下

7

渡劫之后
会有新生。越过所有的黑
会依从土地
会把水当成镜子
反复擦拭

（原载于《民族文学》2018 年第 9 期）

绿绒蒿

耶杰·茨仁措姆（藏族）

成为一条河流

有些低沉的云层

拢住了高原上的每一种声音

比如盛夏的傍晚

傍晚的草场

草场上低飞的鸟儿

还有成群结队的马匹

这个夏天

高原解冻的红花绿草

蔓延飞翔跌落

一枚枚散落的石头

也有了寻根究底的热情

伸手嗅一嗅

天空的清香

藏着雪莲的心瓣

越过小小的宇宙

飞翔和飞翔的高度

内心悬挂的音韵

让高高的双眼

成为一条河流

一条河流的源泉

落　日

我一直在寻找

如你一样的芳香和艳丽

如果岁月可以装扮

我一直在追逐

以超越风的速度

无论时光如何沉重

总有一天

我也会像你背脊上的尘土

一样

飞越雪线

像阳光下拉长的影子

随你一同走向落日

我像欣赏美丽的花海一样

欣赏你走过的每一道足迹

你的足迹里

我看到了希望的落日

我记得

窗棂上隐隐约约的风

走过那里就会一直向西

向西的路有多远

你从没告诉我

但我在你从容的十指间

看到了

不远

比一页经文还短

绿绒蒿

在时光的末端拾一片花瓣
风信手拈来
不问你的方向
终归回落的理由
有谁能说得清楚

在季节的旋涡里
奔赴一场命定的盛宴
雨露阳光穿过的云层
曾在大山的褶皱中休憩
摊开一地的流石
绿绒蒿献出七月最美的花
我翻越了众山的众山
却总也走不出
绿绒蒿举向天空的那一片花瓣

云雾不曾遮蔽
弥漫成天地的精灵
一次怒放的生命
又如何让我遇见你

我在大山的大山中
架一顶黑色的帐篷
太阳和月亮一起回来了
你用山风织成的脉络
我抬头就已记住

你写满冰雪

写满阳光

写满一颗沙粒滚烫的血液

挡不住风的理由我说不出口

遇见你

我就遇见了一生的七月

正如湖水遇见了高山

踏马归来

你向着东方

我面向西方

像两个相拥的人

不错过一颗流星

你将流逝的光阴

刻印成了眼角的纹路

直到我看不见灰飞烟灭

候鸟一万次飞临的湖泊

层出不穷地挤进了一些故事的脚本

我看到灵魂摆渡人轻轻掠过湖面

你向东的背影和初九的弯月像极了

我用月光的湖水照亮你的喉结

穿透万水千山的低鸣

呼应着大地

月光碧波荡漾

星空宇宙

你曾无以数计地离去

但在七月到来时

在我和银河相约的那一刻

请踏马归来

清晨草叶上第一滴露珠

是我舌下滚落的绿松石

十五月圆之夜

我会把它镶进你的腰带

雨　崩

隔着一座山

你躺在云雾的深闺中

山外雨季的足印

一年年被大雪封存

我只有沿着麦粒的身影

叩开你的房门

青稞长在来年的土地上

众神抛下天空的水

大地生机勃勃

玛尼的河流

我从你掌心穿过

蜕变的双翅抵达白雪的帽檐

岩石的福祉

莲花次第开放

我在你的足下深情地仰望

牵着前世与来生

（原载于《民族文学》2018 年第 9 期）

当我回头

姜庆乙（满族）

凌晨的雨水

雨水制造的声响
干预长久焦渴的寂静
梦与醒的空白
得以连接

雨声跌撞
扑打
分明是大地搀扶着天空
一路云雨不尽

谁叫水大于
空气的比重
爱
没有回头路
当闪电掷下雷声
在这光芒与声响间
停顿的片刻
每滴雨的身后
是
断头台

昼夜之间

醒来，窗帘低垂。想到
白天，夜晚
其实是想着，我和
天空的距离

光，暗打在身上
点火泼水
——无非是在一块顽石上：镌刻

写下不曾谋面的
每天
但水深，更需要火热
风急
就继续添柴

盲人文学会

我们穿统一命运的外套
像古老的印第安人
被新大陆发现
多不容易，被他们从无用的
文学的盲肠翻找出来
——火车穿过祖国的隧道
漫长而又短暂

是的，在命运的箭矢下
盲人等同固定靶

我们需要拔出多少目光的流矢
和
口舌的飞剑
朝空无的来处——奉还

我旋转手中锥形的盲笔
试图实现一次定点降落
和我一样蒙面的人
揭开
潜伏在体内爱的谜语
从自由的无限的少数
继续撤离到某处
人迹罕至的边界

青山湖

三个人轮流向我描述
肆无忌惮的绿
江水被语言的钓饵
提挂空中

从目光到达言语
多远
两岸山影重叠江心
那移山之手
也温柔地
搭在我的肩头

谁用色彩一件件

剥光眼睛

袒露万物的真身

肌肤相亲

交出我的唇舌

化身无言的奥秘

大象

摸

我

夜班笔记

每当子、丑、寅三个时辰

我的灵明苏醒

给世界执勤

莫名的吸引

黑暗更爱属它的盲人

我在它的腰间

核心地带

有无限热情的储备给予

而最深的夜

存在向虚无撤退

那只手叫我的笔

蘸夜空之墨

写下咒语

枪口对准沉默

不得不露出白色牙齿
交代不情愿的证词：

我爱血统黑色的种族
以及所有人背后
藏匿的影子

陌生之梦

睡进一个陌生之梦
仿佛又投胎一次
我
消失于我

飘散、聚拢的形象
喷射火焰
中奖一样中弹
光亮的裂隙、跨度
骤然扩大

那个不易察觉的
心，还是什么
抽紧、跳出
暴露自身的形状

摸着它的黏稠、灼烫
抽离空气的一丝微风
回声震颤
又都潜回到

身体的旧居

——夜晚黑暗的浓度
还不够我饮鸩止渴
多推开几扇天窗
熟稔的白昼的帷幕
就已落下

沉默之书

读死者打开的沉默之书
肉体与灵魂的夹缝
空白处
跨界者以另一种文字书写寂静
——旋风
拔地而起

读时间的判决书
——日历自动快速翻转
一首隐秘的情歌唱着、唱着
变了音色
旋律

落下的旗帜和
升起的烟缕
不知道也无从选择
哪一个更靠近福地

微　笑

早起，滑出梦的跑道
独自漫步
发现口袋里竟有
许多偏见的零钱
互相撞击，叮当作响

古旧的钱币证明
我无数乞讨的收获
免除了羞耻
今天，一一抛向空中
它们也会像飞鸟
投奔银色树林
金色草场

而我

爬到山顶看云
花一生工夫
只为这清风拂体
空着手
微笑

当我回头

当我回头
已到达岁月的崖顶
那些我爱过的
人的身影

递来绳梯
不断抓住又放下

还可以攀登的唯有天空
不着寸缕的空荡
把我变成鸽子或
乌鸦
投身到它的汪洋

闪　电

刹那间献身
刹那间全覆盖
刹那间收回量级
刹那间百倍偿还

刹那间复明
刹那间失语
刹那间从天庭蹦极
一刀被刹那割断

刹那间找不到骨灰
刹那连接刹那
一瞬
你说吧
一道门迅然开启
我不能再带
灵魂回来

（原载于《民族文学》2018 年第 10 期）

众妇女与诗和远方狭路相逢

严英秀（藏族）

她

没有人看见她孑孓的身影
在花园小径，在绯红色的云
微微起着波涛的落雁滩，当又一个
黄昏悄然而至。事实上，如此念头
只能让人加倍羞耻。她知道
今生永不存在这样的黄昏，一如
所有的白天，她混迹于喧嚣的人群
和忽略不计的被掠夺

"那个黄昏，在远方……"
多年前，她曾在记事本写下
这样的话。从此，她不再张望
落日的方向。她隔着玻璃看见
自己的离开
她总是在黄昏离开
她总是在远方离开
她总是留下源源不断的离开

她是一个住在楼上的女人
但她不是那个"阁楼上的疯女人"
她的身上没有锁链，她不会在

午夜梦回时发出狼的嗥叫，也不会
狞笑着去点燃某个男人和新欢的
床幔。她只是在黄昏足不出户
她只是习惯于隔着一定的距离
注视自己。有时候，她明亮得像
一次绝色的邂逅。有时候，她需要
戴上近视镜才能看清自己的对视
有时候，她具体入微像一滴忍在眼角的泪
有时候，她大而化之像陈酿的悲伤
更多的时候，她远了又近了，像
曾经作别的一场黄昏风暴，像
那些汗，被轻轻擦去，又
幸福地涌出

此刻，这个住在三十二层的女人
又送走了一个从前的日色
窗外，车马邮件快得像焰火闪过
日子用不着做旧，便旧了
而黄昏又至。而全部的
黄昏已然落下。她微笑，沉吟
"我从没爱过任何人比海更深"

我

去远方其实是一件简单的事
穿上一件长裙子就行了
戴上一条长围巾就够了

这是我做梦写的诗。梦里

我提笔蘸墨，带着诗人特有的
严重表情。但就在那一刻
一种痛横空出世，戛然中止了
即将澎湃而出的第四句
我被惊醒，一种尖锐的痛
毫无过渡地将我从诗歌现场
攫回。我喘着气，越来越感到
喘不过气。有一只拳头擂在
左心口，一拳比一拳摧枯拉朽
事实上，对此我并不过分惊惧
这只拳头，我早已熟悉它的模样
在无数个失眠之夜，它屡屡造访
我的心脏。速效救心丸就在
床头柜里，但我更倾向于一动不动
迎接它的到来。与其一寸寸泅渡
闭不上眼的黑暗，不如在
拳头的鼓点中永远地
睡去。可每每当我喘着气默祷
痛啊，你来得再重一点
再快一点时，那拳头，就
悄然隐去了

如同今夜
现在我可以让自己的手抚住
左心口了，现在我可以翻个身
让呼吸回到本来的节奏了，现在
我突然觉出了今夜的不同凡响
胸口的痛余音缭绕，和以往一样
但分明，它从所有的痛里
脱颖而出：今夜，那拳头

第一拳就砸到了诗歌上
只一拳就砸掉了那来历不明的
造句的后来

剩下赤条条的三行
蜷伏在我的枕侧，伺机却不动
无论转向哪一头，它们都与我
面面相觑。黑暗里，它们
有着清晰可见的横平竖直
我甚至听见了它们相依为命的
唏嘘声。看样子，它们决意从梦境
穿越而来，就没打算飘忽而去
它们包裹了我的后半夜，不留
一丝缝隙。它们不是痛，但却
比拳头更有力

晨曦掀开了窗帘，我知道我又
走进了一个白天。劫后重生
我已无力再对那三行字怀恨在心
而且，我确信它们相貌平平
不会使我重蹈"梦中偶得佳句"的
悲催笑话

风铁一般吹过
去礼堂听报告的队伍中，我羞愧地
避开靠近我的人。我怕他们
从我的裙子和围巾里嗅到
诗和远方的可疑味道

你

北京最是适合你们相遇。至少
你这样暗示过自己。如果
他来，那喧闹的帝都立即会变成
小小的幸福之城。你们不去
长城故宫，不去天坛恭王府
后海和三里屯的酒吧填满了
虚张声势的情侣，他一听见鼓点
就会皱起眉头。你想要和他去的地方是
西山的樱桃沟。樱桃沟不只是樱桃
你说，全北京最好看的颜色
都集合在那里。那盒香茗为他留了很久
终于等到了樱桃沟的金风玉露
茶过三巡，他起身吻了你
水杉树一簇一簇的阴影里，他的手是
情场老手，他的眼，却像他爱你，如同
从未涉足爱河

上海也挺不错的。你说你常常
这样想。外滩太挤，豫园太吵
田子坊的旧情调是魅惑傻老外的
而南京路和佛罗伦萨小镇的殖民建筑
只适合拍照。不，这些地方，你都不去
你要在四川北路等他。他老远冲你
挥手，你呢就傻傻地笑。然后你们走
只是走。法国梧桐洒播着宽大的阳光
这时候，他假意，或者真心，你都
无暇顾及。四川北路的这边
是多伦路，那边是甜爱路，如果

这时候突然吟一首情诗，他一定不会
笑你煽情，因为你们正走在
最文化最爱情的路上。但这都不是
关键，你说你之所以想在四川北路
见他，是因为从这里绕半个圈
就走到了山阴路。那里，曾生活过
一个心爱的老人。你想和他一起
去看他的家。你一个人去过多次了
每次你都想，他不在家
就在街这头他朋友的书店里

其实，在成都的锦里相见
也是不错的，你贪的老火锅如果
他不敢下嘴，那么，只管赏
窗外最艳的一枝芙蓉。其实
在南京的老街相见也挺好，雨是常常
要下的，你们就藏到临河的某一处
楼台。桨声划来幽幽的艳曲，你趁机
把脸埋进他的发。其实，在西湖的
孤山长桥上，在徽州的白墙青瓦间
在广西的木棉树下，在香港的紫荆花季
在云南茶香氤氲的山坡，相见一直是你
怀想的事。其实在大海边，在草原上
见他该是别一种风情？你说
你那件缤纷的沙滩裙，多少人
在青岛，在大连，在鼓浪屿，在
天涯海角，称赞过它的美丽，但它
从不曾开放在他的怀抱

后来，你不再念叨那些远方的地名

你说在哪个地方其实又有什么要紧
后来，你碰见他在城市的人迹罕至处
他问："在晨练吗？"你答："随便走走。"
他点点头，走向与你相反的光影
他不知道，前一刻，他正走在南半球的
牧草葳蕤中，一只荆棘鸟在你们头顶
幸福地盘旋

你伫立片刻，重新迈开步子
在这条曾重重摔倒过的河流边，这一天
你没打一个趔趄

（原载于《民族文学》2018 年第 12 期）

苏 醒

乌云琪琪楠（蒙古族）

毕力格的吉他

舌头打成卷，反复练习一个发音
念对一个名字或一把木吉他
那些相似的云朵，毡房，蓝夹袄，还有红头绳——
该用一种无可替代的隐语，着了色或捻出来
束腰的蒙古袍和几支用来说早安的箭
藏在拨动的滑音里，抵在指板上
草原，格桑花，绞丝的银耳环旁白般路过
他也未留胡子，只是借用了一张络腮胡的头像
对着成群的牛羊，勾弦，点弦，推弦
漫天飞舞的小蝌蚪，马儿般奔来，瑟瑟入水
掏空五脏六腑。只是皱了眉
这并非"阿尔罕布拉宫的回忆"
轮指连成一片的是雪花声，战栗声
青草的呼吸声

从阿旗到东苏路
吉他的共鸣箱不是白云里闪过的牧羊女
而是一辆不熟悉草原之路的切诺基
泥沼，侧翻，风声里举目无亲
向南或向北，琴音里说出最恻隐的痛

牛羊归圈的时节，他也曾流浪

带上一把木吉他，登华山，看兵马俑

在建筑工地与工友们一起谈论草原上的狼

偶尔孤独，偶尔忘记忧伤

偶尔喊出自己的名字：毕力格

你是属于草原的男人。不开一句口

也是

布仁的书柜

只是顺着心，顺着草原的底色

不问来去，就是这样地目光宁静了

漾开的水墨，除了归途

风花雪月都是多余。那些远道而来的旧时光

像极了湖光中的倒影，纯粹，丰富，孤寂

和着悠扬的马头琴，围着篝火

围着一炉刚烧开的酥油茶

如果遥远的沉默的山顶都积了雪，如果喧闹

如果交出茂盛，枯萎，交出草原最初的律动和风声

他因为害羞，在夕阳里身体变轻

羊群的叫声紧随其后

苏和的奶糖

苏和的奶糖是苏和自己做的

苏和有成群的牛羊，有铁丝围成的牧场

只要他响一声口哨，无论多远，牛羊都会列队回到毡房

他是"嘎查"里最大的官，瘦高个，鹰钩鼻

头发卷曲着，宛如一层层起尖儿的波浪
他的奖杯上刻着致富的领头人，模范，标兵，党代表
他的手总是温情地抚挤着牛儿滚圆的乳房

让牛的奶变成糖，这不是魔术
至少需要七十二道工序外加三昧真火
要烧，要炼，要完成一生只有一次的华丽转身
然后入口，入心，入肺
让你以为自己误食了草原上野生的罂粟花
步入敖包的宫殿，你就是王
在古老的奇遇里，被她的唇亲吻
时而靠着栅栏，时而绷紧胸膛
我们想要，像孩子一样
跳跃，欢喜，摊开手向你伸去

纵马越过，这是公元 2017 年
高铁，飞机，互联网，一个大数据的时代
人们更换手机的频率远比哺育一头牛的频率要快
草原依旧寂静，是有什么倒映在里面？
不是云朵，不是蓝，不是天空
一切都新鲜，但不是篡改或转基因
一切都震撼，但不是喧闹或离奇
它是从废墟里开出的花朵
你会心一笑的时候，已然苏醒

念着"塞罕"的蒙古人

深陷的河底
堤坝环绕着倒映出河岸的旋涡

念着"塞罕"的蒙古人，以同样的方式

在黄昏的余晖里

仿佛面对太多的远方

落差在不远不近的两棵树之间

在晨雾一样垂落的面纱之间

走着，面对最柔软的笑意

最炎凉的诀别

一直抵达，如稚嫩的，缓缓伸开的蜷曲之物

又一次从幽深的死亡中返回

所有的刻骨的铭心过的

在这个清晨，之前颤动的黑夜

都将落荒而逃

（原载于《民族文学》2018 年第 12 期）

万格山条约

阿卓务林（彝族）

草木青

青铜青
三万年铁石，三千年心肠
炽热的，是焰火

草木青
三千年死去，三万年活来
苏醒的，是雨水

不朽的不朽，易碎的易碎
你我彼此，偶然路过
一眼，或为一世

炙手的炙手，埋伏的埋伏
风吹山河，子子孙孙
一茬，接生一茬

看，雪后初春狼群没入了森林
看，雨过天晴羊群徜徉在原上
草木青青，青铜青青

蓝色的山

这是十月。山坡上打转的母绵羊终于卸下
甜蜜的幸福，甜蜜地咀嚼秋天的金果

这是十月。倏然轻松下来的母绵羊肆意踩踏
黄金家族的草籽、麦粒、坚果，像是踩踏
郁积的惫倦和愤慨。它确实受够了不堪之负

这是十月。咩咩两声，母绵羊背后一道红光
秋天竖直了耳朵。母绵羊四处张望
微微躬身。一个母亲像极了母亲的模样

就在这一刻，高山上的诸神合声唱
头顶上湛蓝天空的湛蓝，是它身上升腾的湛蓝
脚底下碧绿湖水的碧绿，是它身上流淌的碧绿

就在这一刻，牧羊人胸中的爱意隆隆轰鸣
仿佛游历于天际的古滇羊，正隆隆归来

云南的云

云朵落下来
云朵长成了雪山
翅膀落下来
翅膀长成了森林

星辰落下来
星辰长成了古镇

雨水落下来
雨水长成了温泉
喜怒哀乐，酒歌声声
在山上，在山下
悲欢离合，凤舞翩翩
在湖畔，在江边

飞鸟不叹息
飞鸟绝无绝望的抒怀
走兽不退步
走兽断无断续的游弋

水深深，这云南
凉在心头，热在心头
山绵绵，这云南
春也花开，秋也花开

源　头

一滴雨水，给一粒种子解了围
壤土咧开嘴，春天的风
一路追赶绿叶，直达山顶

一朵花瓣，给一只麂子解了围
山崖打开门，溪水流向山外
红了岩石，肥了原野

一根肋骨，给一头豹子解了围
目光洗白冤屈，洗净灵魂

你若不会坏了心，它们也会好好的

一口血液，给一条虫子解了围
诸神交响的山歌，断断续续
有的失传已久，无人会唱了

一滴雨水，给一朵云彩解了围
它百转千回，回到了天空
它若回不去，万物都得渴死

万格山

拉基觉果向东仰望的山
名叫万格火普，一条羊肠小道
从宁蒗县城系着它的腰
拉基觉果向东仰望的山
我的出生地，梦里常回的故乡
它像一尊佛，端坐在白云之上
无论脚下发生什么，一声不吭
拉基觉果向东仰望的山
陡，有狼，曾是棕熊出没的森林
只有父亲的几杆猎枪，自由出入

拉基觉果向东仰望的山
我的母亲远嫁而来，她逃了
一千次，第一千零一次
父亲蒙住她的双眼，恐吓说
前面是滚滚金沙江
传说中卷走两岸巨石的江水

吓出她一身冷汗，并回心转意
生下我哥哥。其实父亲所谓的
金沙江，它只是一条山涧小溪河
而我的母亲信以为真，为它
耗尽了一生

万格山条约

一只獐子与我对视。打量
响鼻，错开。一切尽在不言中

邻人相见无客套，只有甜
分享，胜似万纸条约

万格山不语。盘坐，等我下山
一只獐子钻入密林，等星光闪溢

索玛花

原以为索玛花只会开放在
金沙江两岸众神闪熠的山上
在松花江畔，在太阳岛
偶然遇见她时，她开得正艳
我不知道中文应该怎么称呼她
更不知道俄语应该怎么叫
与横断山上漫山遍野的气势相比
这里的她蜷缩在花卉园的一隅
飒飒寒风中，像个四海为家的游子

但我认定她就是金沙江畔的索玛花
家乡那边普普通通的映山红

孤寂的树

多孤寂的一棵小树
她站在一座小山头
身边伴着仰天而卧的苔藓
和匍匐的草。一朵紫黄色的花
欲从树冠绽开，在云贵高原
蔚蓝色天空的映衬下，如此美
恰似一幅背景辽阔的油画
而春天还在路上，黎明静悄悄
只有一只小鸟一遍遍喊
她的名字，喊得整座山的脸
红一阵，白一阵

夜之子

南高原突然静了下来
只留下一只无名小虫
为夜的幽深发布悠长的感叹
它的嗓音，和我一样沙哑
迷离，带有淡淡的忧伤

这只小精灵肯定是知道了我的
心事，它把我最后一丁点睡意
唤得空空荡荡，思绪茫茫

哦，今夜，除了这只小精灵
和我，南高原睡得死死的

鼓　舞

幻觉之音，来自天堂
像万能的上帝窥视人类的过往
现在、未来，他挖空心思
揣测某人灵魂深处尚未泯灭的良知
和觉醒的梦。不幸的是
他无时无刻不在用那万分敏感
欲言又止的第三只耳朵
怂恿你去说出生命的善与恶
冷与暖。当皮鼓舞动
天堂之音在大地上敲响
总有固执己见的祭司仰望星空
低沉吐出神的卜辞，仿佛
那真切是天外咒语，万能的隐喻
可入药疗伤。玄奇的是
某人脑门闪烁，眼里泪水汪汪
仿佛有一万只麂子，已向他奔来

亲　人

总想出人头地的那人
总是惹是生非的那人
一路走来一路唱的那人
哪天突然变乖了，反倒

让他的女人怀疑其中的变故

把嫁衣珍藏一生的那人
把牛羊伺候一生的那人
脸上绣满酸甜苦辣咸的那人
偶尔偷懒几天，马上招来
群山的指指点点

哦，那个人
操着叽里呱啦的彝语
刚刚从山坡上风风火火跑过去
像去追赶一次盟约
那个人，他是我前世的父亲

哦，那个人
穿着花枝招展的衣裳
刚刚从小溪旁嘻嘻哈哈飘过去
像去奔赴一场盛会
那个人，她是我来生的情人

洒脱的姐姐

我的姐姐开门见到山
与她密不透风的森林相比
我川流不息的街道是幸运的

我的姐姐伸手摸到云
与她石头遮盖星星的黄板屋相比
我低头不见大地的高楼是幸运的

我的姐姐一生以土豆充饥
与她吐不出去忧愁的兰花烟相比
我白花花的大米是幸运的

我的姐姐不会说汉语
与她叽里呱啦的幻觉相比
我谓之曰诗歌的文字是幸运的

我的姐姐日出而作，日落而息
与她倒头便入睡的洒脱相比
我辗转反侧的星空并不算幸运

火的河流

一场突如其来的雪
湮没山岗，生灵措手不及
彝人四处取火的敲门声
叫醒村庄，叫醒早晨

寒冷并不可怕。人群的变故
人心的散离；遗失的器皿
流失的水土，也可忽略不计
但昨夜的内伤，今日的牧场
和睦如初的明天，怎能置之脑后

圣火照耀的胸膛，鼓鼓囊囊
最后一杯烈酒，献给了祭司
我看见老大爷故事中火的河流

迅疾淌过他的脸颊，仿佛
为了早一点流入我们的身子

祖先的火镰

一亿个夜晚燃烧了一亿次
烟云堆积为土，山越长越高
当我醒来，轮回在尘世
某一个房间，一日两餐的族人
刚刚从荞麦地里平安地归来
照耀在他们头顶的雪光
时而亮，时而被翅膀遮蔽

我占据有利位置，占卜未来
那毫无预兆的明天。而幸福或灾难
谁也不知道什么时候从什么方向
突然改变谁盲目的行程。那燃烧了
一亿次的夜晚，它的火镰
也必将生锈，质地多好的火绒草
再无法把它唤醒、点燃

山门外

世界给我的第一印象，色彩单调
背景模糊，恰似一部黑白影片
两岸一晃而过的山，那么高
那么不可攀比，无厘头的梦
一条清澈见底的溪水从青冈树林

缓缓流逝在桦树林，它比纪录片中

有名有姓的河流，干净了许多

一根溜光的独木桥横在沟堑

与崖上的羊肠小道，好有一比

桥下蛋白的卵石，不怀好意

发出贼亮的光；沟边蛋黄的荞麦地

和风低语，翻滚一层层波浪

父亲的背影，微微亮；母亲的声音

淡淡香。背负我前行的堂兄

一言不语，眼睛紧紧盯视脚下

像是被纤绳系在了路上

那信徒般虔诚的脸，感动山

感动水。而世界给我的第一印象

那么遥远，那么不可信，以至于

全然忘了针尖麦芒的细节

（原载于《民族文学》2019 年第 1 期）

出生地

冯　娜（白族）

出生地

人们总向我提起我的出生地
一个高寒的、山茶花和松林一样多的藏区
它教给我的藏语，我已经忘记
它教给我的高音，至今我还没有唱出
那音色，像坚实的松果一直埋在某处
夏天有麂子
冬天有火塘
当地人狩猎、采蜜、种植耐寒的苦荞
火葬，是我最熟悉的丧礼
我们不过问死神家里的事
也不过问星子落进深坳的事

他们教会我一些技艺
是为了让我终生不去使用它们
我离开他们
是为了不让他们先离开我
他们还说，人应像火焰一样去爱
是为了灰烬不必复燃

与彝族人喝酒

他们说，放出你胸膛的豹子吧
我暗笑：酒水就要射出弓箭……
我们拿汉话划拳，血淌进斗碗里
中途有人从外省打来电话，血淌到雪山底下
大儿子上前斟酒，没人教会他栗木火的曲子
他端壶的姿态像手持一把柯尔特手枪
血已经淌进我身上的第三眼井
我的舌尖全是银针，彝人搬动着江流和他们的刺青
我想问他们借一座山
来听那些鸟喉、兽声、罗汉松的酒话
想必与此刻彝人的嘟囔无异
血淌到了地下，我们开始各自打话
谁也听不懂谁　而整座山都在猛烈摇撼
血封住了我们的喉咙
豹子终于倾巢而出　应声倒地

远　路

"从此地去往 S 城有多远？"
在时间的地图上丈量：
"快车大约两个半小时
慢车要四个小时
骑骡子的话，要一个礼拜
若是步行，得到春天"

中途会穿越落雪的平原、憔悴的马匹
要是有人请你喝酒

千万别从寺庙前经过
对了，风有时也会停下来数一数
一日之中吹过了多少里路

高原来信

寄来的枸杞已收到
采摘时土壤的腥气也是
信笺上的姓氏已默念
高海拔的山岚也是

我能想象的事物，如今已化作杯中水
我不能遗忘的沙地，据说正开满红花
有一天，就是那一天
一群女子在空地上舞蹈
她们跳出我熟悉的音乐
从左肩落向右肩
一个节拍也没有漏掉

如此完美
再也不用校音，我的倾听也是
不需要应答，你也是

树在什么时候需要眼睛

骑马过河没有遇到冬的时候
小伙子的情歌里雀鸟起落的时候
塔里木就要沉入黄昏的时候——

白桦们齐齐望着

那些使不好猎枪的人

劳　作

我并不比一只蜜蜂或一只蚂蚁更爱这个世界

我的劳作像一棵偏狭的桉树

渴水、喜阳

有时我和蜜蜂、蚂蚁一起，躲在阴影里休憩

我并不比一个农夫更适合做一个诗人

他赶马走过江边，抬头看云预感江水的体温

我向他询问五百里外山林的成色

他用一个寓言为我指点迷津

如何辨认一只斑鸠躲在鸽群里呢

不看羽毛也不用听它的叫声

他说，我们就是知道

——这是长年累月的劳作所得

云南的声响

在云南　人人都会三种以上的语言

一种能将天上的云呼喊成你想要的模样

一种在迷路时引出松林中的菌子

一种能让大象停在芭蕉叶下　让它顺从于井水

井水有孔雀绿的脸

早先在某个土司家放出另一种声音

背对着星宿打跳　赤着脚
那些云杉木　龙胆草越走越远
冰川被它们的七嘴八舌惊醒
淌下失传的土话——金沙江
无人听懂　但沿途都有人尾随着它

乘船去孤山

"十年修得同船渡"
同船的夫妇来自重庆沙坪坝
船夫来自江川
波光让人目眩，只有水来历不明

孤山的存在是否为了避免问询与寒暄？
断壁之上，舍身的故事已经邈远
人们忙着在亭子里栖身
这已不是一个追怀节烈的时代
断壁之下，水敛容整顿
前世的缘分，今生同船一渡就已经用尽
十年不够孤山长出一片松林
十年足够我翻山越岭　再不遇同船之人

可是，我们为何着迷于相遇和同道
为何又只在水面借着船桨
漂了一漂
我有多少十年修得的缘分
借问船家何处，路人何处
我又如何去往更深的因缘际会当中
湖水不应答我
孤山不应答我

甲骨文

从一个字里看见山峦，从一个字里看见太阳
泉水自殷商的额头汩汩而出
王室的卜辞，曾向一座不会老的城池托梦

梦里，我和我的故国都已三千岁
我要向后来者，讲述山的威仪海的潮向
我要镌刻一颗星的沉落，在重复的黎明身后
用不朽的笔触，我描摹自己的鹤发童颜

每一块甲骨就是一个誓约
不尽的黄昏走过来，托付它们的年轻
时间书写着它的生命——
在黑暗的征战与埋葬当中
在重见天日的世代
在一页新的复活里，我默捻着深深的刻痕：

那就是明月，那就是照耀
那就是殷墟中无数的我
还在匆忙地写就，转瞬即逝的命运

寻　鹤

牛羊藏在草原的阴影中
巴音布鲁克　我遇见一个养鹤的人
他有长喙一般的脖颈
断翅一般的腔调
鹤群掏空落在水面的九个太阳

他让我觉得草原应该另有模样

黄昏轻易纵容了辽阔
我等待着鹤群从他的袍袖中飞起
我祈愿天空落下另一个我
她有狭窄的脸庞　瘦细的脚踝
与养鹤人相爱　厌弃　痴缠
四野茫茫　她有一百零八种躲藏的途径
养鹤人只需一种寻找的方法：
在巴音布鲁克
被他抚摸过的鹤　都必将在夜里归巢

听人说起他的家乡

"一直在下雨
——我出生的城市
没有雨的时候依然在下雨"
他的亚麻色瞳孔是雨中的建筑
用以储藏一种我没有听过的乐音
山丘在下雨，船只也是
早晨去买面包的路面下雨
来到我跟前的旅途也是

我差点要打断他的讲述
在我头顶密布乌云
"只有我母亲晴天一样美丽"，他说
她拥有一双中国式的黑眼睛

（原载于《民族文学》2019 年第 3 期）

玉龙山宣言

白庚胜（纳西族）

玉龙山宣言

我不比昆仑山大，

玉帝、西王母都与我无缘。

我没有蓬莱、瀛洲、方壶灵异，

神男仙女与我无干。

我不比珠穆朗玛峰高，

惊回首，还离苍天三尺三。

我离海洋很远很远，

看不见潮起潮落与白帆片片。

我的险、峻、秀、美，

比不上贡嘎山、华山、峨眉山、庐山。

我的端庄、伟岸、神秘、雄壮，

都不可与奥林帕斯山、须弥山、不周山、居那什罗山比肩，

但我处地球北纬最南端，

至今无人能够登攀。

我是设有玉龙第三国的山，

那里鹿耕虎骑，胜却人间千万。

我被奉为纳西人的保护神，

慈航普度、悯人悲天。

我与天山、扎格罗斯山、乞力马扎罗山、阿尔卑斯山同属人寰，

我与苍山、哈巴雪山、白马雪山、梅里雪山肩并着肩，

我更是丽江人永守的圣山与迢迢河汉相通连。

我虽一无所有、赤手空拳，

只要有冰雪就一切都冰清玉洁，

只要有五千六百米就完全可以高标照远，

只要有明月清风就足以扫荡重重雾霾，

只要是危岩巨石筑成就气韵生动、神采奕奕，

只要有鲜花盛开就是和乐家园。

我的名字叫玉龙山，

我来自洪古，

但刚届韶华之年；

远离南亚次大陆，

但印度洋的暖流总在头顶缠绵；

没有见过陆海沉浮，

却挂满螺贝珊瑚与珍珠项链。

我做天地之合，

引日月北斗歇息于纳西妇女的披肩。

我是时间老人，

用烟锅把千万载的苦难尽燃。

我是一柄利剑，要斩妖魔埋深涧。

我是一支巨笔，

甘蘸热血垂诗篇。

我是一根千钧棒，

搅动寒彻周天。

我是一根巍巍巨柱，

敢把一天重荷承担。

我是不灭的希望，

让每天的太阳都亮丽、鲜艳。

我是精神的坐标，

只盼桑梓永享白云、青天。

我是一座永恒的丰碑，
只镌刻盖世的功业、不朽的创造、无私的奉献。

少数民族

我们，
我们是中国的少数民族。

我们人口少了一些，
城市少了一些，
消费少了一些，
GDP 少了一些，
但分布的空间并不少，
拥有的资源并不少，
创造和发明的能力并不少，
权利和义务更不少。

我们走过的历史很长很长，
我们分布的空间很大很大，
我们生息的山川、原野、岛屿很广很广，
我们为伍的禽畜、虫兽、草木很多很多，
我们为人类守护的云水很净很净，
我们为祖国保卫的边防很牢很牢，
我们为中华承担的责任很重很重。

我们是中国的少数民族，
我们在文化上多元，
我们在生态方面多样，
我们的生命自由、奔放。

我们人人赤胆忠心、族族英雄儿女，

我们要让各个兄弟姐妹心心相印、风雨同舟，

我们要让自己的国家更加丰富、光荣、伟大，

我们要造就新时代的世界和平、和谐、和美，

我们要做全人类亲诚、包容、共生的先锋。

我们是中国的少数民族，

我们便共有中国这个家园；

我们是中国的少数民族，

我们便共享炎黄子孙的光荣与梦想；

我们是中国的少数民族，

我们就要以中国公民为荣耀；

我们是中国的少数民族，

我们就要去奉献自己奇绝的才情；

我们是中国的少数民族，

我们就要为中华文明增砖添瓦。

我们骏马驰骋，

为的是与和谐、复兴号列车一同飞奔；

我们雄鹰展翅，

为的是和嫦娥、玉兔号凌云九霄；

我们一片汪洋激巨澜，

为的是共与巨舰、航母巡弋。

我们的中国梦，

镌刻在哈尼梯田、六盘高峰；

我们的胞波情谊，

把两岸四地紧紧相连。

我们，是中国的少数民族，

少的只是怯懦与怠惰，

少的只是愚昧与封闭，

少的只是虚伪与贪婪，

少的只是阴谋与诡计。

我们，多的是大智大勇、无私无畏，

多的是敢于创新、敢于探索，

多的是感恩戴德、回报国家，

多的是自信、自爱，自豪、自尊。

我们，

我们是中国的少数民族。

中国是我们伟大的母亲，

我们是中华优秀的儿女；

我们是祖国不可缺少的部分，

中国是我们历史、现实、未来的精彩。

纳西族

纳西族，

体量不大也不小，

三十四万当三亿四用，

每个人都是精英就很好。

纳西族居住地不宽也不窄，

三国四方曾周旋，

鸡鸣三省五县巧分布，

都在中国本土就很好。

纳西族的历史不长也不短，

上追西羌、始载两晋，

始终与中华文明不离不弃就很好。

纳西族的文化不高也不低，

它东通中原、西贯印欧美，

海纳百川却不丧失灵魂就很好。

纳西族的品质不雅也不俗，

它外朴内秀、深厚沉雄，

大方大度就很好。

纳西族的力量不强也不弱，

它开过天、辟过地，

曾经移山填海，

一次次浴火重生就很好。

纳西族对人不卑也不亢，

它平等待人、绝不势利就很好。

纳西族处事不热也不冷，

除了重情重义还讲理讲德就很好。

纳西族的性格不快也不慢，

它享受生命慢吞吞而创造生活争朝夕就很好。

纳西族的气度说凡也不凡，

勇于牺牲、无所畏惧就很好。

纳西族的心志不远也不近，

它立足本土、过好每天又胸怀世界、放眼未来就很好。

纳西族古称"摩挲"或"么些"，

意为"从天下凡者"，

还牢牢记住一条迁徙路，

年年岁岁先祭天，

如今再添两颗星。

纳西族内四兄弟，

分别叫"纳西""纳日""纳亥"和"阮可"，

崇仁利恩是共祖，

都是"高大""众多""伟岸"好意蕴，

也被释为"军人"或"牧人"，

怪不得自古英雄好汉多，

长征不怕路途遥。

有人说她是西羌人的后裔，

有人称她是五万年前土著之子孙，

她何由何来不要紧，

重要的是参与中华文明创建共始终。

纳西族与大自然很亲近，

本是同父异母两兄弟：

一个好山水，

一个爱田园；

一个乐施舍，

一个重报恩。

全仗金翅大鹏相力助，

两相依存互和好，

才有玉龙雪皑皑，

才有金沙江边柳林翠，

才有泸沽湖上风清月又明，

才有白地华泉台地亮晶晶，

才有虎跳峡里涛声如雷霆，

也才有黎明黎光杜鹃香，

十万里三江鹂唱鹰鸣虎啸又猿啼。

纳西族的心性很洒脱，

它自自然然归去来，

自由自在又自信，

玉龙第三国便是爱情的理想国，

野餐、野游、野营最动魂。

纳西族称人"本勒本初汝"，

意思是"永恒创造者"，

不能慵懒、不可止息是铁律，
不停地劳作才能创世纪。
为此她把日月扛肩上，
还把北斗七星披背后，
战胜洪水后回到大地，
又创家园又立业，
树立尊严比天高。

纳西族灵慧有自鸣：
"水牛犊不用驯，纳西人不需教。"
昔人麦琮天赋高，
不学自识百族文，
再造本方象形字，
鸟兽鱼虫活生生，
抽象性表达用假借，
一解结绳记事苦，
一别蒙昧无知难，
直通电子量子通信新时代；
母系制家庭是大发明，
人类婚姻又有出新：
男人出家、出征又出仕，
茶马古道乐悠悠；
女性则柔美、温情绕火塘，
养儿育女敬长老，
从此没有婆媳仇，
永远结束妯娌恨，
再也无忧离异与背叛，
积善聚富最和美；
再看丽江古城夺天工，
家家垂杨户户垂柳树，
高原水色赛姑苏；

更听丽江古乐垂法远，
细乐细礼融歌吟，
唐、宋、元、明韵无穷，
移风易俗趋典雅。

纳西族与邻里多亲善，
风雨同舟肝胆照，
他们间大多同根同源同心性；
霜雪只在一时间，
严冬过尽绽春蕾：
雪山草原放藏族的牦牛，
高山峡谷做彝族、傈僳族的猎场，
平地坝子种汉族、白族的水稻，
坡头坡尾播普米族的燕麦、荞麦，
只有山麓水滨撒自己的玉米、小麦种子，
和平和美总相宜，
各得其所不相扰。

纳西族能文又能武，
琴棋书画天才多，
文史哲思怪杰众，
古今沙场将星耀，
英雄豪杰不胜数。
考场、歌场加情场，
才子佳人不相让；
商场、战场、足球场，
场场英气干云天。
男儿奋争先，
女子亦智勇，
古有禾娘、丹桂、银棠盖须眉，
今有志红海地化长虹。

纳西族重义，
爱国最根本；
白狼歌吟表心迹，
六公诗赋动山川；
唐宋么些兵，
元明木天王，
近世黑旗军，
现代七支队，
大智大勇捍边域，
拒法助越镇南国，
抗日抗美反击战，
纳西神勇发天威，
滴滴热血滴滴忠，
只与祖国共存亡。

纳西族，
身为中华一员责任重；
纳西族，
与祖国共同命运最根本；
纳西族，
好山好水不偏安，
盛名盛产不自足，
山大江大义务大，
海远云远前程远，
要与各族兄弟心连心，
誓与各个方域同进步，
新时代里又凯旋，
中国梦中创辉煌。

（原载于《民族文学》2019 年第 4 期）

我们都有一个好听的名字

马泽平（回族）

献　辞

你不读也没有关系，只要我写到过动人的诗句
我欢喜于这样的寂静：
给它火种，使它燃烧
赋予它王的权杖
使它不灭，永世为万物照明

阅读笔记

我曾在一首诗中读到桉树和雨水
干净极了，我记得其中一句
弥漫着秋日气息
我在诗的结尾遇到我自己
——甚至联想到万物枯荣有时
（我也知道，这原非诗人本意）
想到我爱着的异族女子
我木讷而愚蠢
像现在这样被微渺之物感动到哭泣
也会因此而受到某种启发
比如在纸上写下
我爱你（即使无所指的）

仿佩索阿写给丽迪娅

所以我常常拥有两种错觉：
门会在夜里
被谁轻轻推开
书柜也不会像现在这样
蒙上厚厚一层灰尘

当我在九月想起你，抱歉
我也只能在九月想起
在九月，我将拥有一道完整的大河
它从不带走旧的欢乐
也不制造新的悲伤

秋日尽

我所经历过最孤独的时刻
是旅店里住了三日
没有响起一回敲门声
那时节多雨
入夜捧读，也不过几种野草的药性
偶尔也讲逻辑混乱的故事
给窗台上的影子听
我常常刻意忽略年份
伪中藏真
藏面目模糊的故人
于是我就有理由爱上一个黄昏
有理由在纸上写下并相信
秋日将尽——

对死亡的另一种解读方式

这羁旅尘世的孤独信使

盛过风月

盛过万物主宰

盛委屈，也盛细小的欢愉

而今终于迎来结局

——这亟待拆阅的信笺

又像初生一样

允许被描摹、转述

以及再一次误解

告　诫

我的胸口藏有

劲竹与疾雪

我不担心没有听众

我们都有一个好听的名字

那个年轻的人

当自己是

小说家雨果

他写花格裙子少女

读《圣经》故事

无论是在

莫斯科红场

还是巴黎

埃菲尔铁塔

孤独是

唯一主题

这与年轻的

雨果

没有关系

与少女和《圣经》

也没有关系

哀 歌

题记：现在，我准备回答你，我的爱人；现在，
我准备向你告别，我的爱人。

我想你来看我，从遥远的西域

带着故乡正月的大雪

过黄河，过腾格里沙漠和贺兰山阙

献给我

你也曾哭泣过的每个黑夜

给我草场，白桦林，给我三月

和新鲜的马粪

我想你抛弃掉所有修饰

讲给我隔壁木匠

伐木造舟的故事（洪水可能从未降临

　　死亡或许已经发生）

我要你对我说抱歉

告诉我

我是我的源初，我是我的无限大

如果我不曾死去

我是我的结束，我是我的无穷小
如果我不曾出生

无　题

大海并不觉得孤独，在我躲开又一朵浪花的那一刻
人群也不孤独。除非载着邮差和信件的掉漆马车
晃动着清脆铜铃声
从夕阳深处赶来

于是我就会在读到某个标记过的句子时
觉得自己有罪，应该承受想你的孤独
我愿意这样承受，这样想着，即使是犯错
即使是不被谁原谅。我不需要被谁原谅

一首关于九月的歌

向那些知道你名字的人
说再见
把未竟的心愿
托付给他们
告诉其中一个
热爱明天
河流与荒原
尤其是在九月
下过雨的
星期日
记得打开门

秋衣和青草尖上的露水

都需要晾干

（原载于《民族文学》2019 年第 5 期）

古雅川片段

完玛央金（藏族）

青砖小径上

青砖小径上
雨水销声匿迹
草由纵横的缝隙钻出

报春花刚刚展开花瓣
雪粒和寒冷的空气
让她收敛了一颗
招摇的心灵

绿叶仍要长出
很快爬满枝头
天空阔大空洞
要被云彩布满

这一切
步步紧跟地进行
像是机密又不是机密
你知晓你又假装不知晓

在这一条青砖的小径上
你清晨走过

傍晚走过

听从一个指令

仿佛一生的时间

只为花费给这个指令

预 言

这一时刻

忽然有记忆涌起——

老妇人安坐在古雅川里

川里的庄稼已经消失

河道干涸

担水的人

把扁担挂在了屋檐下

青菜卷曲着叶子

杏树落下一地青果

蜗牛钻进黄土墙里

之后的规则

无法行使

在这一刻到来之前

刚刚看到种子发芽

小孩子在尘土中

跑下山道

紫色和黄色的叶

一树树安静生长

阳光落在他的肩上

——老妇人安详健壮

望着窗外说：有一天

庄稼会没有收获

河水要流干

而今忽然记起

老妇人的这个预言

心中便无所惦记

眼里便看到从未涉足的

那条小道

忽然看见了太子山

晴天

忽然看见了太子山

先是看见了她巅峰的雪

接着看见了她婷婷的身躯

多年前

在茶杯口沿的上方

穿过腾腾热气和淡淡清香

望向太子山

更多的时候

在图片当中看太子山

无法攀登

那个茶杯还在

望向太子山的清澈的眼睛

汇聚了更多的宁静
太子山左侧右侧的
那些杜鹃那些云杉
那些沙砾那些裸岩
在那片宁静中匿迹

发生这样一个事件
仅仅是在感觉出
世界太平的
一个瞬间

独自行走的一个晴天
忽然看见了披霜戴雪的
掩藏了矫情和任性的太子山

阳光十分灿烂
乌云密布在我还年轻的
那个时间

繁多的桃花

繁多的桃花盛开
是一种暗示
桃花在雪中凋谢
仿佛早已做好了
不留踪迹的周密计划

孩子端起小凳
离开了撒落花瓣的桃树

他们的成长

又与另一棵树的花与果

建立联系

准备好的阳光

准备好的庭院

准备好的心境

需要统一起来

桃花盛开又凋谢

是这个季节强大的暗示

雪中点地梅

乱石丛中

有人将你拍下来

还有些雪

没有消融

你就在雪的

没有理由的侵占中

绽开

站在高原

你向远方传达春的信息

那远方远过了国境

越过了大洋

你从近四千米的高度

下降到零高度的海平面

这个信誓

冰封雪盖
不能消失

就像是靠近河岸
必要听到水声
水泛起的波浪上
必有黄鸭游弋
黄鸭的嘴边
必有小鱼逃走

雨滴放弃了天空
扑向没有沉默的大地
必要的事件和必要的理由
从春天的裂口泄漏
没有解释

遍地秦艽花

河边一些树桩
失去了枝干和绿叶
却不妨碍它们站立的姿态
它们关切地相互问候
在根部吸收泥土中
新生的水分

它们仍要守护
牛羊离去的牧场
等待马蹄归来的声音

带着古雅川之外的
嘈杂和简单
我们静静坐定山坡
看见脚下遍地盛开
蓝色的秦艽花

在牛羊离去
牧场空旷
马蹄渐渐消失的午后
秦艽花开了
涌出点点的蓝

枯朽的树桩开始相互叮嘱
苍劲的根
开始收集泥土深处
新生的水分
它们看上去
没有我们这般落寞和孤单

浆果回到枝头

从这里向前走
便有倒伏的草
重新站立
叶子一一变绿
浆果回到枝头

马退回马厩
吃草暗笑

等待主人从炕上起身
拉动它的缰绳

小溪选择另一片区域
在人类的心面上缓缓流过
带上些落叶
带上些白云

面向古雅川
我看得见风在丛林中舞蹈
扯起了秋天的旗帜

（原载于《民族文学》2019 年第 6 期）

一个人的辽阔

芦苇岸（土家族）

草 香

在山中，寻着每缕草香
就能找到一座寺庙，或一处道观

每一棵草的生长都自带气场
长在坟头的草
最清楚白骨包含的全部意义
长在石缝里的草
对命运，像教科书一样有参考价值
长在远方的草
像远方一样迷人，有落日之美
有星辰认领野花的趣味

在草香中盘腿坐下，闭目
双手交给草叶，静听心中宇宙运行
血液里的痼疾、块垒
纷纷碎裂，发出草鹀一样的叫唤
草香清洗的呼吸，和山风
关系亲密

草兴人旺，每一棵草，都是野外
每一缕草香，都是故乡

说 春

像草籽一样散落山中的寨子
被炊烟的温暖包围
说春人，一早就把山路上的冰凌
踩得吱嘎响。千山负雪
鸟在云之上，用翅膀运载图腾
说春人的破棉袄里藏着春天的喜悦
手掌托着法器，口中念念有词
令春牛犁开冰封的土地
在万物苏醒时刻，敲响晨钟暮鼓
夜晚，说春人累了
睡在星光下、篝火旁
火光照亮他的梦
梦中，新春的运道，饱满似谷粒
日子风调而雨顺

傩 面

在故乡，热爱生活的人都有
一具傩面，从山的脸上摘下来
从太阳的脸上摘下来
想优雅一点，就从月亮的脸上摘下来
无论怎么摘，它们都甘心情愿

一把锄头

我用它那时，它年富力强，浑身锃亮

像手上长出的一个零件，称心如意
有一年，我差点辍学，在山上种荞
背脊被太阳晒掉一层皮，它没有嫌弃我
帮我赚回一个学期的学费
我用它刨过天麻、三七、门冬
也靠它挖土，种红薯；掘石铺路
十八岁，我顺着靠它开出的路一直走
翻山越岭，到乌江边的一块石头上久坐
听纤夫的号子，看他们逆流而上
在峭壁上踩出带血的脚窝。然后写诗
却从来没有写过它，但它不计较
用养大了农田和养育了我的大度
在三柱二瓜的木屋里，在蛛网中
养着斑斑锈迹，像养着一群落魄的狮子

落日挂山崖

结果已经不太重要了，在洪荒边缘
宇宙交出赤胆忠心
只有一颗红日，敢于以面壁的方式
接近永恒，成为惊天的感叹
暮色升起的地方，就是灵魂的故乡

月亮升起来

扛一袋银子，赶了很多路
顺着溪水的响声
练习水上漂，把亮汪汪的梯田

磨成梳妆的大镜子
累了，在山垭那儿，歇一口气
就噌噌升起来了。月亮爱我
在戽斗上，在碾房前的水车上
默默地积蓄光明
什么也动摇不了它对我的深情

夜晚的山中

山上的神，到了晚上
就会退回星斗。有明月的时候
她们会乘着月光
来到堂屋前，在屋檐的瓦当上弹琴
琴声的光芒
照得山寨如昼，那些逝去的先人
从黑暗中走出来
在月光下握手相拥，然后默默退隐
各自像神一样安定
在山中，我羞愧于高谈阔论
先人在打开的书中，教我学习寂静
表现出足够的耐心

月光奔涌

出早门的人，在夜色中背回月光
空背篓，在漫长的山路上
摇晃。卸掉的重量，已在乡场上
发出生活的回响

忙不完的活路，翻得过的山梁

炊烟里，没有忧伤

过河时，石礅像排箫一样吹奏晚风

月光爬在鹅卵石上汲水

咕噜噜……清冽自河里流到心里

日子的倒影里，月光奔涌

笛　声

对门的阿哥，他的笛声顺水而下

在拐了九十九道弯之后

停在一棵柳树上

水声响处，阿妹捶打着蜡染的衣裳

月光照她，笛声熏她

她的心啊，像雀子发慌

棒槌蘸着晚风，扬起，落下

"上游那个砍脑壳的……"星星的咒语

从银河泼洒下来

在她胸口，掏出闪电的光芒

棒槌举着举着，节奏慢了

笛声稀薄，每一声都被皂角水洗白

河口那棵柳树，被风抽走了魂

在夜色中乱舞，像喝多了苞谷酒

身体的边疆

只有在身体的边疆，灵魂才会在场

这习惯成癖，如记忆中的牵牛绳

穿鼻锁住那头壮实的水牛，它总爱对着
柱子撞个没完，仿佛那老木头里
藏着它的情敌。它想一决高下
它有信心放倒对方。那天，牵着它
经过风雨桥，它突然对着一棵泡桐
咆哮，前脚蹬在桥肩上，威武不能屈的
样子，吓得一支迎亲的队伍落荒而逃
轿子里的新娘，连声尖叫。我
呵斥，然后，拽着牛鼻子，原地转圈
第七圈时，它终于服软，乖乖地
跟在我身后，像低眉顺眼的随从
我们迎着落日走，在晚风中回家
那天夜里，我手脚发麻，没识一个字

牛的心事

黄昏，每头牛的眼里，都在流盐
苦荞哥，从后山打柴草回来
他的肩上，一捆鲜嫩的巴茅，抖擞着
像得胜而归的毛猴
去年春上，他家的一头母牛坠崖摔死
还有十天就要出生的牛犊，也死了
死在妈妈的子宫里，眼睛闭着
晚风替它念经。苦荞哥的儿子牵着牛绳
失声痛哭，哭瞎了山上的星斗
哭到每一座山都生出一头牛犊
苦荞哥没哭，他像一座不会流泪的山峰
默默喂养着更多的牛
更多的牛，和月光一起圈养在草棚里

它们习惯了沉默，跪在青草上
嘴里嚼着草香，眼里流出岁月的盐粒
这些热气腾腾的盐粒
和泪水的区别，隔着沉重而宽广的生活

出远门

从小路走上大路，从泥路走向柏油路
每一步都很艰难，每一步
都像讲述中国故事，沉重但叫人激动
跨过溪水，追逐河岸
从源头走向下游
那些逼仄的记忆，被路上的荆棘收留
无论到哪里，我都以
山的高，水的深，向所有轻蔑的眼光
回以高原一样的宽阔
祖先的叮嘱，是箭镞
此生，只向神灵低头，不向低俗哈腰

金山在左，银山在右

出门在外，我唯有一瓶特殊的罐头
拿得出手。它空得只剩空气
曾经少年时，我采自故乡松树林
多年来，我背负它，远涉迢遥路途
我有病时，吸；我缺钙时，吸
我血液浑浊，吸；我萎靡不振，吸
呼吸，这个动词，是我最爱的汉语

如今，我发现，我其实富有

因为灵魂深处，金山在左，银山在右

这些山，是物质的，也是精神的

鸟鸣吐纳光芒，清溪生育彩虹

云朵，在天上，寸步不离紧跟我

它们让赤心纯净，让游子底气倍增

我要像爱护命根子一样，珍视

青山绿水，高调的坦然，低调的美

山一程，水一程，喜滋滋回家

寨口，我与相迎的风，撞了个满怀

（原载于《民族文学》2019 年第 7 期）

有梦斋札记

曹有云（藏族）

发　现

今天，有缘遇见了一位好诗人
犹如在没有图纸指引的情况下
偶然发现了一座金矿
在大山深邃岩层中闪闪发出不可遮蔽的光芒

"在想象的花园里有真实的蟾蜍"
她的诗学理想犹如异境灵壤，遥不可及
仅此，她将那些亦步亦趋
在纸上分行爬行的庸人远远甩在了身后
而她自己早已抵达并且在尽头孤绝地站立了百年

差点忘了告诉你她曾经如雷贯耳的芳名
玛丽安·摩尔
一个酷爱三角帽、黑斗篷
行事低调，自律自尊的独身女人
过世已近半个百年

遇见：致保罗·策兰

风雪之夜

我遇见你

幽暗之夜

我遇见你

时代喧嚣之夜

蓦然回首，分明看见你

在不屑一顾的寒荒角落

——擦亮腐锈的词语碎片

自助采光，自助取暖的孤独男人

加里·斯奈德

加里·斯奈德是个聪明的美国老头儿

当他知道自己一直在死胡同打转

找不到出口

就转向东方的山水

拥抱简陋的寒山子

他知道

山水中没有恼人的善恶

寒山子不讲究吃穿

也不讲究麻烦的逻辑修辞

一切都还是原本的样子

致阿摩司·奥兹

阿摩司·奥兹先生

抱歉，我的书架上没你的书

因为我不大相信活着人的经典

昨天，你去世了
我开始考虑购买你的书

为此我大兴调查研究之风
阅读了不少关于你的一些网传闲话

但你强大的风格已足够让我触摸到
你就是那个虽然火山近在咫尺
黑暗中照常吃喝拉撒、谈情说爱的顽皮老爷子

续　梦

梦中我在想
昌耀要是活着
该有八十二岁了
但是
昌耀活着还是死了
这不是个问题
因为我时常想起他
甚至在梦中
想起他的诗句乃至整个辉煌诗篇
比如：
"在善恶的角力中
爱的繁衍与生殖
比死亡的戕残更古老、
更勇武百倍。"

现在，最大的问题是

我是否活着
谁能在七日之后的一个午后
突然想起我
哪怕一句诗
乃至一个词
在纷乱而无人知晓的茫茫梦中

草原，星辰，史诗

草原上的青草一样无数无量
苍穹上的星辰一样无穷无尽

谜一样的荷马走了
神一样的格萨尔王没走
巨石一样的《伊利亚特》和《奥德赛》
立在大地上三千年，不倒不朽，不增不减
可我们的《格萨尔王传》哟
还在生长，还在繁衍
犹如来年春天的草原
犹如今夜激荡的星空
不可量数，不可思议

关于《格萨尔王传》的一点微弱猜想

我想
那应该是一长串没完没了浩瀚无尽的数字
无限，但不循环
无规可循，不可预料而奇迹频现

那滔滔诗行编织的磅礴故事
自他们永不枯竭的头脑蓬勃创生
闻所未闻，见所未见
恍若那个创世的壮丽清晨

但这一切又如天驹行空
无所从来，亦无所去
不可释解，不可思议

疑　问

《伊利亚特》第三卷中
如此描写特洛亚年老的领袖们
"很像森林深处爬在树上的知了
发出百合花似的悠扬高亢的歌声"

如此描写足智多谋的奥德修斯
"但是在他从胸中发出洪亮的声音时
他的言词像冬日的雪花纷纷飘下"

无欲雄辩，我只是在想
三千年后，匍匐在大地上的诗歌
是在前进还是倒退

文明之争

阿里斯托芬在《蛙》中说

赫西俄德"传授农作术、耕种的时令和收获的季节"

三千年前
农夫诗人赫西俄德在《劳作与时日》中如是教诲他不务正业
　　的弟弟佩耳塞斯
"财物源源不绝，不用驾船
远航，饶沃的土地长满果实。"
"你若是满心满怀地向往财富
就这么做：劳作，劳作，再劳作！"
他还说："我实在从未乘船到无边的大海。"

而我自幼也被如是教诲
古希腊（乃至整个西方世界）是海洋文明，华夏为农耕文明

今天清晨天气晴好，澄明如洗
我一直在想
人们为何总是睁着灯泡似的眼睛却说着暗夜似的瞎话呢

书斋里的革命

书房里这些昆虫般过度繁殖的图书
竟然淹没了
大海般轰响了三千个春秋的荷马之声

在嗡嗡嗡嗡的喧闹中
我已听不到海的歌唱

我决心发动一场书斋里的革命
让萤火的归萤火

星辰的归星辰
缪斯们看着会是好的

局限与悲哀

蓦然发现
我书架上几乎全部的书籍
都是在叙说着我们地球上的那点人和事儿
诸如《诗经》《史记》《红楼梦》《莎士比亚全集》《卡夫
　　卡全集》《博尔赫斯全集》等等

只有寥寥几部抬头仰望了星辰大海
触及了更远的天体
《神曲》《爱因斯坦文集》《三体》

这是否就是人的辽阔人的局限
这是否就是人的辉煌人的悲哀
但一定就是我的局限我的悲哀

可大火已经燃烧到了所谓二十一世纪逼仄的门厅
烧到了我即将花白的眉毛
烧到了我焦虑不安的心

（原载于《民族文学》2019 年第 9 期）

呼伦贝尔大草原的颂歌

孛·额勒斯（蒙古族）

灵魂的颂歌　击起眼波的狂澜

歌唱的妩媚　是生命翩跹的思绪

欢乐的光彩　清澈如岁月的黎明

我的颂歌　回荡转场中的草原

驼队在转场　羊群在转场

牛群激起的沙尘飞舞在绿色的天边

沿着乌尔逊河边的芦苇

百灵鸟的祈祷是白云边的抒情诗

奥克里堆山的神灵微笑了

转场中的牧人歌唱了

风调雨顺的记忆与期待

五畜兴旺的祈祷和守候

转场的牧歌嘹亮

夏营地的炊烟环绕莫尔格勒河的每一棵青草

野玫瑰的芬芳　杜香林的芬芳

蒙古红柳的芬芳　波斯菊的芬芳

奶茶的芬芳

巴尔虎蒙古人的转场

喧闹了草原

沸腾了十月

燃烧了金秋

转场中的牧人　转移一片天鹅羽毛般

迁徙自己的憧憬和希望

甘甜的牛奶

向天空轻洒

牧人的赞歌牧人的颂歌

风一样飘向宝格达乌拉圣山

花岗岩的悬崖是希望的香炉

青草摇曳的声音是希望的晚钟

十月的阳光格外温暖

贝尔湖的波涛浩瀚无垠

如同牧歌

无边无际　荡漾在蒙古高原的历史深处

塔日根诺尔的博克手来了

乌布尔宝力格的射箭手来了

锡尼河西苏木的驯马手来了

额尔敦乌拉的骑士来了

东乌珠尔的赛驼手来了

十月的草原在欢笑

十月的圣山在歌唱

金莲菊盛开的微风　蔓延柔情的天空

彩云祈祷的抑扬顿挫　启明星国度的甜美

克鲁伦河边幸福的年景

飘逸的马背人生　地图上难以明确的

牧道上面

多少代牧人的理想与追求

与千百万棵青草亲密地站在一起

密密匝地

延伸向绿色的地平线

青草的欢乐就是牧人的欢乐

十月的宝格达乌拉这样说

七十年来伊敏河一直在马背上流淌

七十年来巴彦托海一直在马背上端坐

七十年来安本敖包一直在马背上守护

七十年来红花尔基一直在马背上凝望

阿敦楚鲁苏木的新娘出嫁了

合作化锣鼓喧天

嘎拉布尔苏木的小伙子当兵了

伊敏苏木的老人搬入公社的砖瓦房

红色风暴照耀沸腾的六十年代

特尼河苏木的小学生毕业了

改革开放的天翻地覆扑面而来

巴彦哈达苏木的八十年代金合欢一样盛开

辉苏木的九十年代扁桃花一样盛开

杭乌拉苏木的二十一世纪绣线菊一样盛开

巴彦哈达苏木的新时代铃兰一样盛开

海拉尔河奔腾千里是青铜流动的时间

记录白桦林对峙阳光的沐浴

网围栏消失了　绿水青山就是金山银山

网围栏消失了　环境就是民生

从牙克石的林海到额尔古纳河的辽阔天地

是恩和哈达河与石勒喀河

万千年承诺的游牧

那达慕结束的夜晚

星河璀璨

马儿咀嚼青草的声音抚慰着花的河岸

抚慰着珠尔干河协调的石礁山

抚慰着八大关东侧绿色的古冰斗遗迹

抚慰着伊勒呼里山开放的多雪冬天

抚慰着柴河共享的玄武岩凝固火山

赛马仅是马儿一年中证明进取的时刻

怎样与草原和牧人相伴一生才是最大的智慧

五大发展理念金灿灿地精灵一样地生长开来

特尔莫山父亲的承诺　青山就是美丽

蒙古蒿遍地的敖鲁古雅河

基尔果山母亲的召唤　蓝天就是幸福

那达慕结束的夜晚　无数的蒙古包

点亮灯火

新的时代在星河中孕育

莫和尔图——巴彦滚——巴彦布尔德沙带

葱茏流翠　细雨绵绵

比蜜还甜的羊草撒欢儿生根

那达慕结束了　新的一天　新的阳光

新的日子　新的时代

呼伦湖露出了广阔的胸膛

阿日哈沙特的壮丽草原上黄羊飞奔

吉布胡郎图苏木的黄昏飞溢天鹅的鸣唱

花尾榛鸡的杜鹃花映红达尔滨湖

丹顶鹤飞过锡伯山下的芦荡湿地

四方山的黑熊惊起樟子松的松涛

渔场消失了　旅游景区消失了

菜园消失了　玉米马铃薯的田园消失了

呼伦湖久已被遮挡的面纱褪去了

绿水青山就是金山银山

呼伦湖的苍鹭　呼伦湖的鸿雁

呼伦湖的白鱼　呼伦湖的水獭

沼泽地的久别重逢一般

回到了牧人的视野

白琵鹭的回归　雀鹰的玫瑰色歌舞

震旦鸦雀的回归　雪鸮睫毛上的幻影

那是乌玛河的砂金换不回来的故园图景

那是乌奴克吐山的铜钼换不回来的家园情怀

呼伦贝尔的达氏鳇鱼　　呼伦贝尔的史氏鲟鱼

呼伦贝尔的细鳞鱼　　呼伦贝尔的哲罗鱼

归来了　　与白云飞雁一道

与霜风塞鸿一道

与烈马牧歌一道

与天龙九霄一道

化工厂消失　　换来白头翁长满河谷

发电厂消失　　换来金莲花开满山坡

给你西伯利亚杏　　给你金丝桃

让驼鹿飞奔在喇嘛山　　你是红隼

让貂熊守望呼尔雅泰山的密林

你就是回归塔本陶勒盖山的蓑羽鹤

让哈拉哈河万年流淌

让乌力吉图——海拉尔沙带四季常绿

你是沙丘中重获新生的雪兔

让扎兰屯的吊桥公园包围城市

让牙克石的凤凰山庄包围田野

让阿伦河打碎所有的水坝水库

让长生天的河流自由奔放地流淌

蒙古百灵在苍狼白鹿的传说里歌唱

让云雀在哈布图哈萨尔的黑山头古城

与戴胜喜鹊大鸹鹊鹞一道合唱

野猪狍子赤狐棕熊在伊和乌拉比邻而居

诺敏河上斑头雁绵绵绮梦

嫩江两岸重燃猎谣牧歌

你放下猎枪的手　　你紧抱马鞍的手

边抚摸呼伦贝尔大草原厚实的肩膀

边说　来自大兴安岭的出身与血统

只能在蓝天上漫步雄鹰的伟岸超群

你那不是在飞翔　你仅仅是本性的张扬

一个家庭农场的重生与复活

幻想与摇篮

神谕在草原石人的身后隐约

牧场的魅力　游牧计时的吟唱

闪亮的温柔是牧羊女的理智

黑钙土的硕果是长调牧歌

栗钙土的灵魂是呼麦低沉的挽留

泰加林的收获　泰加林的四季

泰加林的风景　泰加林的冰雪

我们辨认家庭农场手编的烟囱

小麦生长在错位的垄沟中

大豆与倾盆暴雨总是失之交臂

油菜花与拖拉机形成一个单元居住

我们不控制自己欲望的话

迟早会在针眼处消耗殆尽　忘却穿越本身

宇宙　黄金　爱情　彼岸　神灵

野草　黏虫　黑穗病　草地螟

干草杈的田野　树篱后的村庄

栅栏限制了辽阔与天空

梧桐的高贵　犬吠的平庸

骑兵的往事　农夫的山楂树下的失望

不能让玉米羞愧地选错了家园

不能让高粱在秋天时无地自容

弄错了天马与蹇驴的　从来都是人类自己

水稻在昔日的布特哈大地梦游并眩晕

谷子沉默

回望稗子被当作青草的岁月

七十年的乡村披红挂绿　讴歌新时代

七十年的草原牧野鹰扬　讴歌火红的十月

斗酒十千　天生豪迈　万古寂寞

金鞭呼鹰　弓弯满月　胡马秋肥

谁在叹我万里翱翔　谁的雄剑飞出玉匣

生态优先百战不辞是仁爱方略

绿色发展北疆亮丽风景是复兴宏图

蒙古马记起我们的回归

踏上新征程的号角与战鼓

源源不绝地自万里草原的深处响起

响彻天涯海角

激荡五洲风雷

（原载于《民族文学》2019 年第 10 期）

祝福的姿势

冉　冉（土家族）

我们叫你麦兜

麦兜——
麦兜
你的名字有熟果的芳香
小风的轻快

我们只知道你生于冬天
却不清楚准确的日子和时辰
也许是最冷的凛冬子夜
因为你如此贪恋被窝和笑声

眯缝起双眼
你顾盼的神情多像我劫波度尽
我爱你柔软的大耳　金色的绒毛
爱你粗壮而又羞怯的小小腿
尤其爱你粉红圆润的舌头
当它舐舐伤口和灯光时
就像我轻轻敲打键盘

信 心

信心是你历经多世累劫

仍然相信能够遇见我

信心是你走过万水千山
依旧确信能够遇见我

信那未曾遇见　将会遇见的
信　就一定能看见

麦蔸
我的耳朵像春风一样张开
我听见了你喊桃花雨水的声音
你喊大路小路岔路的声音
你喊我的声音家的声音
你的叫喊像神谕一样简洁沉静

练　习

你是甲方　我是乙方
你代表慈悲温暖的我
我代表破败哀伤的自己

闭上眼　在汁液饱满的草地
深深地吸呼吸——呼
呼出你的体谅与柔情　吸
吸进我的僵硬与泪水

偶尔有鸟飞过
那是细小欢悦的丙方
它的羽翼金红　鸣叫湛蓝

天黑下来

天黑下来
我们三缄其口

我含着三个字
你含着粉红圆润的舌头

你要学会品尝舌头的苦
那滋味能生成百味
就像这三字可以生出万物

我爱你　麦苑
当我品味着它们的色香
世界已重新排列
虽然还不是我们喜欢的模样
我却比以往更加爱它
用舌尖的刺痛爱
用日复一日的失眠爱
当我们蹲下　像一对石狮守住梦魇
黎明已跃出鸟巢
霞光从身后打开了大门

我们知道未来

我们知道未来
知道在未来的某一天将迁走
成为新家的主人

你将随我远去　在新的街角
濡湿的鼻子挨着我的手指
我的舌尖抵着生命的甜
她也来了　松糕鞋踏着金色落叶
堆在头顶的乌发
像苦难丰富的细节

她不只是 MM
也是旧日子的延伸
新世界迅速变得温馨
沉默滋生出美意
无言是好的　说出来更好
我每说一句　你就张口呼应

雨生出了世界
这是对的　我们的心生出了世界
也是对的　更对的是
MM 生出了世界——她手里有火柴
她的双肩包藏着大光明

果壳大的世界

它暗下来的时候
就像葵花子那么大
两扇门关着山水
从世界的起始到尽头
只比针尖长一点

有时更像一枚花生

热血偾张的人们　半生

为欲望蹚打　半生

奔波于爱情　爱与欲

是一架天平　左边放进你的嘶吼

右边称量我的歌吟

有什么把我们收得更小更紧

却让我们像雪花那样自由轻盈

这也许就是犒赏吧　麦兜

其实我们还不配领受这些

昨天我领着你

还没想明白去哪儿

细若蚕丝的路又铺展在眼前

这一次我们倒退着　越走越慢

直到星光如瀑夜气变蓝

登　高

这会儿我们看见的

是真实的天空

云彩却来自记忆深处

那么纯洁　那么柔软的云彩

只能来自困苦的灵魂

只能来自漫漫长夜

此刻晨光把你的毛发照得更亮

几近枫叶燃烧的颜色

雀鸟窥探你摇曳的大尾

你踩着杜鹃的花荫　步态从容

群山之巅

凭栏俯瞰遥远的城郭

那些陡峭混沌幽暗与悲凉

如同我们电梯里的亲人

谁说雾都没有蓝天

那是他未登临歌乐山巅

亲爱的麦苑

张大你褐色眼瞳仔细看吧

远处的云、我俩、重庆

构成一个柔和的三角

每一条边都等于爱和宽恕

窗下这条路

窗下这条路

上行五百米进入大坪

再经九滨高速去往机场

下行八百米穿隧道上大桥

过长江出主城直奔渝东南

昔日的路径重峦叠嶂　如今

一条大道化解了多少崎岖

但我依旧怀念徒步跋涉的人们

那山野间的半天摸爬

或许胜过书中的终生所得

道路只要发端就没有止境

MM 每日往返的是这条路的延续吗

我们之间的路途又有多少人驱驰其上

经过她的路向西扎进沙漠

蜿蜒万里抵达海洋

"左右逢源的路在哪里？"

梦中我问一个走遍天涯的人

他谦雅地笑了　"是韭菜的韭吧？"

身为自己的收割者引路人

他手里提着灯笼　肩上蹲着幼犬

他走的全是我们丢弃的路遗忘的路

麦菟　作为记号

每次行走你都洒下点滴尿液

可回家的路是另一条——

你相信空中的钢丝　也是道路吗

那闪亮的弧线正是我们的归程

望地书

望天书读得太多了　麦菟

把目光收回到大地上来

你鼻下那株植物叫鼠尾草

草尖参着翅的叫蜻蜓

因为翅膀太薄太透　羞赧的它

替鼠尾草细叶芒和百子莲飞

替蜗牛和小蚂蚁飞
被飞过的草挂上了更多露水
被飞过的蜗牛和蚂蚁
写出了更黑更亮的甲骨文

蜻蜓飞过山巅
它替草儿问候枝头的雏鸟
深谷的小溪
亲爱的鱼离得太远了
浅浅的表情如粼光一闪

亲爱的麦苊　翅膀上下有乾坤
身体内外皆学问
当你凝望一只蚂蚁
其实是在凝望生命的广大
当你谛听一只蜗牛
也就是在谛听自然的回声

噢麦苊　再瞅一瞅
你爪边和身后那些狗尾草
那是千万只狗狗亮出的旗帜
上面写的全都是——
亲爱的……谢谢你

存　放

一丛花以蜂蜜的形状存放
一地汗水以米粒的形状存放

一团乌云突然变白　飞奔

就像你纷披大雪

雷雨已存放至你的四蹄

从针眼里抽出丝线

是为了穿过骆驼

从杨梅里取出肉汁

是为了存放人间的酸

燕子的身体里

挤进了全城少女

每个少女都是种子

麦金色　微甜还有一点儿黏

我的指头曾经秘藏着

先知们的美感

每当我敲打键盘

它们就潺潺流出　须臾又被充满

直到有一天毫无预兆　全被撤走

亲爱的麦兜　你是我最保险的 U 盘

存你那儿的

有我们在各地眺望的夕阳

礼拜过的病房

被祝福过的

被祝福过的灵魂

都得到了安眠

此刻流水平静
梦也离开了旋涡
连呼吸都没了牙痕

祝福那些祝福者吧
虽未远离愧悔　　但他们
已不再跟痛苦纠缠
回到幽默与常识
他们的话语重新变得悦耳动听

我们每天的祈祷
让我们从祝福者变成了被祝福者
合拢你的双手再次祈祷吧
亲爱的麦苋　　祈祷的姿势
就是祝福的姿势感恩的姿势

（原载于《民族文学》2019 年第 11 期）

西藏·一种现场

黄国辉（土家族）

八廓街：在玛吉阿米喝茶

宁愿选一个不靠窗的位置
八廓街的灯火与我无关
只要守着一支烛火
明灭，闪亮
就像捧着一枝初绽的玫瑰

杯子很小
酥油茶凉了，书架上
每个文字都在留言册里欢跳
它们似乎并不关心
这里何时会过来一对情侣
何时会驻留下一首诗
又何时会打烊

我听见身后
一个藏族姑娘浅浅的笑
铜壶里叮当作响
门帘掀处，爱情
散落在每一个角落

墨脱：公路上的交响

有一些雪山的声音
从峡谷中传来
我甚至不敢张望
但知道
那些跳动的白色浪花
一定是高高的雪顶
送给森林的乐章

鲁朗：在自驾者的篝火旁

篝火是鲁朗的夜歌
飘动的火焰
照亮了一处山谷的安宁

黑夜把零星的眼泪洒向火焰
掉进醉意的酒瓶
和一片潮湿的记忆
一个伙伴在安静地晾烤长靴
泥土的颜色也掉进他的眼睛里
那上面，有白天从树枝上飘落的
桃花的花瓣

此刻的夜，没有锅庄
没有弦子和欢跳
房车里盛装不下的歌声
擦过火焰的顶端
在温热的情绪里拔高、俯瞰

和被黑色隐没的雪山
一起舞蹈

鲁朗：散步

安静得听不见鸟的啾鸣
雪山吟诵的赞歌清晰可闻
一只野鸭振翅
扑断水的沉思

颜色和颜色之间，被
季节割裂
阳光成为调和者
也依然炽烈

什么都代替不了眼睛
即使你身着氆氇
也领略不到工布姑娘的羞涩
但徜徉在牛羊放牧的地方
同样可以发现
几座村庄在微笑

玉麦：听胡乡长讲故事

山沟里的大嗓门
惊动了安憩的飞鸟
玉麦河水里回旋的历史
足够满足这原始林中

每一棵树苗的倾听

仿佛看见热拉山风雪中
那一个负重的身影
每一只脚印都踩出一个人生
每次滑倒，都跌出一阵
远方母亲的心疼

被笑容缠绕的山峰
抖落一身残叶
那些用脚丈量土地的日子
已经越走越远
歌声腾起的河谷里
牦牛们撞破围栏
怀着对草和土地的深情
望向河流轻抚的南方

麻麻乡：门巴姑娘

没想到，那个
脸上红扑扑的门巴姑娘
有一张利嘴
山间的鸟鸣闯进屋来
引起一阵松涛的回应

没想到那个门巴姑娘
也会有羞涩
笑颜如温婉的河水
跃起的波浪

有不停盛放的花期

饮下忍俊不禁的欢快
便有了勒布沟里的醉意
在没有星空的夜晚
雪山已经入睡
一团篝火开始回忆红色的
氆氇，和锅庄的环转
开始把无尽的热情与青春
探向柔软甜蜜的天空

勒布沟：随想

孟加拉虎的传说隐没在山林里
红豆杉保持着眺望者的姿态

页岩片的覆盖下
是一幢幢坚硬笔直的脊梁

那些通向山外的渴望
被曲折的公路点燃

经幡静止
影子在延伸

夜在山凹中降落
记录时间的只剩下潺潺水声

酥油灯柔弱的光亮

照不出麻麻乡耀眼的光明

你默守一曲长歌
而我，已焕然如新

错那：太阳雪

旖旎与此无关
歌曲中的东山被照得雪白
一条路，连通雪原
和另一片雪原

错那像匍匐在原野上的鳐鱼
淡定而悠然，高原
与深海一般自由
远方笼来的云雾
想靠近阳光说话

飘落了，飘落了
千万条丝线
在海拔四千三百米的空中交织
如流星，地热涌起
有一群人在扛着歌声行走

呼吸，在你触摸不到的地方
雪花依然鲜亮

色林措：夜行

夜这么长
路为什么也会
这么长

灯影里是铺天盖地的雪
白色飞舞的轨迹这么长
那根指向双湖的
时针，为什么也会
这么长

普若岗日冰川：远方

来时，我把诗留在
山峰之下
在奔往远方的路上
在荒原无际的视野里
我携带的种子尚未发芽

而这，就是我要来的远方吗

那一片白色比白更白
嶙峋的石块面目温和
谁把冬天遗失在这里
在潺潺的冰水中
我捡到了一本发黄的记忆

文字垂成冰凌

潺潺水声在呼唤未知的姓名
一头牦牛寻觅野草
冰盖之下
伸手就可以探向千年
诗的隐秘
宽博的大地接纳了
被融尽的沧桑
晶莹透亮，叮咚作响

古老的触角流淌着
伸向另一个
广博而深邃的远方

双湖：夜眠

把头枕在高原上
变身一个
横亘在无人区的巨人
吐出云雾
吸入芳泽

晴空戛然而止
窗外，雪在呼吸
这样的夜
听不到树枝私语的声音
树，只是一个
美好而遥远的梦

冰川每在梦里

都变成坚硬的尘障

梦境中迷离于世界之巅

只能俯下身躯

面向这片冰冷的草原

拾取孤独的牛粪取暖

在这里，如同草木的脆弱

心肺无力唤起通透净爽的黎明

耗尽身心的梦魇

被抛入无尽的荒野

每一次喘息里，都记录着

日与夜的轮回

草原：晚霞

红，或者是黄

都是属于大地的颜色

或者是在湖水的蓝里

蹦出无数双闪烁的眼睛

牛羊们徜徉在岸边

安详啃食落寞的夕阳

那是一片勇敢的云

它此刻裸露的每一丝肌肤

都坦承着自己的洁白与灰暗

金色勾勒的裙边

点燃了残存余温的草场

骏马嘶鸣，余晖

被一曲悠长的牧歌点亮

高原：建设者的回响

在这清清朗朗的高原之上
我不想只是一朵孤独的浮云
鸟瞰大地，却
漂泊不定，心无所依
山间的沙地在企盼地望着我
而我却只能为它们
提供星星点点的雨滴
我想成为一片壮丽的冰川
伏身于山峦之上
向沟壑伸出白色的触角
哺育土地的甘露
汇聚成徜徉山谷的回声

在这饱经风雨的高原之上
我不想只是一条彩虹
七彩的线条勾勒出迷人的图景
那只是，能炫耀一刻的美丽
我想成为一朵格桑花
把自己袒露于大地
向人们露出绽放一季的笑容
即使被冬天埋进泥土
也要在同一个地方执着守候
为了又一次萌发，为了又一次
享受阳光的眷顾

在这空气稀薄的高原之上
我不想只是一株灌木
用浑身的利刺保护自己

却眼望着肆虐的狂风

卷起每一颗无助的沙粒

我想成为一棵参天大树

用树荫抵挡烈日

用绿色填补灰色

用每一片树叶去喂养呼吸

用探向天空的树枝

去显示我的雄壮和

毫无掩饰的骄傲

用扎向深处的树根

拥抱这给予我生命的土地

（原载于《民族文学》2020 年第 1 期）

时间沿岸的花朵

舒　洁（蒙古族）

微小的灵动

我已经不能定义那条大河的流向
那种声音，气息，色彩
舞动着的光芒。我们都在其中
我是说被水紧紧拥住的大地
凸起的群山，永远也不会
告诉你海底的语言

天上的云
那样地聚拢与飘散，多么接近
人类的幸福与哀愁。不仅如此
在河流沿岸，我发现古老的生活
存在于神秘的秩序中
孩子们在那里成长
鲜花沿河开放

是需要记住一些坐标
珠穆朗玛，好望角，哈拉和林
尼罗河，耶路撒冷，拉萨
在这样的体系中，诗歌和哲学
是两棵最美丽的树
人类生死，永恒葱茏

黄昏降临

你是我的浓缩的祖国，是火焰
也是飘逸的瀑布
你当然是理想之上的天空
我在那里飞，我凝视你，俯瞰你
有时，你是静默的深水
拒绝我泅渡

这最近的
摇动纱帘的风，风中的你
仿佛失踪于某个世纪
我当然知道，你的血脉中
有一座岛屿，这使你成为
我的，也是夜里最大的魅惑

泡一杯绿茶
我就能看见神秘的浮动
像一个提示。实际上
你是我的错愕的时间
在午夜中闪耀

无需投递的信札

你要相信众神相伴
行驶在空中的马车，云端的道路
没有尽头。你要相信
诞生是神主宰的奇迹
那鲜红的通途闪耀光芒

你要相信成长中的点滴
曾经摔倒，与大地相拥，泥土的气息
那么浓烈。你要相信
欢乐是一条河，忧郁是另一条河
它们是孪生的姐妹

你要相信，通过抚摸就会到达神地
对一棵树木，或人的身躯
你的指纹是变幻无尽的语言
神会倾听。你要相信
这土地上的生活
充满爱与分离

你要相信，有一种交融源自天定
早不得，迟不得，急不得
那一刻降临如泣如诉
如波涛汹涌。你要相信
在某一个夜晚，人的语言
已经无足轻重

穿越寂静

有一种美丽
如何在时间里成为鸟类？在一首
哀婉的宋词中
它飞

距离我最近的窗子，就是人间

埋入土层的古老的语言
如何在时间里成为沉寂？在一曲
离别的古歌中
它睡

被折叠的时空
那些我们还不能识别的道路
如何在时间里成为奥秘？在一线
微明的星光中
它归

我感觉大湖，这安宁的夜晚
水，岸，船，这样一些生动的名词
如何影响了人的生活？在一缕
无色的微风中
它醉

想到家书

那片大湖就如密集的萤火
刚刚入夜，那样的光，清澈
安宁轻轻拥住水波

一切都静了
我可以看见天使的身影，还能
嗅到异香

我不会描述尘埃纷扬
迷离与破碎的白昼，欲念疯狂

真的需要一把钥匙，开启古城之门

也需要天使引入
沿着湖岸，感觉微风吹动昔日的雪
一朵月季点燃时间，辉映一面斜坡

盼归者，那个对想家者
确定时差的人，独自进入一首诗歌
那时刻，意念起飞，白鹭栖落

攀缘上升

我能感觉到遥远的花朵
杨树挺拔，农人们在路旁晒麦
石榴还在树上，一条河流已经告别
洪水季节，那么平缓
我能感觉到活在别处的相思
彦哲守望，宋代有故乡

我能感觉到轻微的变化
杨荷失传，楚国郢都词人离散
留一行啼鸣，在大地上成为茅舍
宏大的生活依然持续
我能感觉到这个世界，柳暗花明
彦士孤寂，元代无边疆

罗伯特·舒曼

你受伤的手指

一定触到了河流，我是说那一刻
你纵身一跃，你受伤的手指
触到水的音符

你是一个迷途的人
你在音乐的起伏和萦回里
想象一座桥梁轰然坍塌
你想拯救少女，但未能拽住她的手臂

后来，在你的国度，战争先后爆发
惨烈的欧洲遗忘了你
时间支离破碎，你在水下仰望天空
发出一声叹息

水　畔

一层水呵护一层水，人类叫覆盖
那么树呢？当你
在两棵树之间
一棵古老，一棵年幼
还有更小的一棵在水畔

你会不会想到时间的掩埋
遗憾的，多少有些残缺
但保持青春的神态
比如此刻，我在水畔
面对红色的屋宇，我想到
涉水而来的人
如何成为时间中的花朵

去往远方的人
如何成为亲切的音讯
激励一颗心

与但丁相伴

仿佛就要出现了，光的绳索
垂向深陷波谷的人
那最后的安慰。寂静，歌唱的但丁
如今已经在光芒的上方
在中原偏南，我可以感觉
在一片飘飞的黄叶上
坐着小小的但丁

那个人
他在最后的时刻轻声说出一个人的名字
他双臂击水，但没有发现人类

此刻
我的躯体鲜活的祖国
已经沉入夜色

海与梦

在遥远的
蔚蓝色的海面，歌者的声音
在桅杆之顶迎接了星群，那个时刻
年轻的水手渴望成为船长

成为一个硬朗的男人
他痴迷于歌声对时空的演绎
那个神秘的女子，仿佛来自天庭

年轻的水手
渴望在岸边遇到这样的女子
她的声音，像一种必然的迁徙
向着圣地行进

被一再追念的
人，古老的往事，家园一侧的竹林
羞涩的爱情，就在通透的声音里
夕阳辉映波涛汹涌的海面
年轻的水手站立船舷
看见陆地近了
太阳垂落，一袭红衣的女子
刚刚离开码头
你可以将她认定为海上的歌者
你甚至可以认定
她曾多次出现在年轻水手的梦境
她的身躯散发桂香
像一个新娘，深恋着秋季

天鹅绒

在翅膀下面，在胸部
扶摇，被我视为燃烧的过程
逆风而飞，抖动，闪耀
穿越幕帷，惊心动魄

极致的柔美，可以触摸的火焰
是一羽丝绒。不要联想大湖的柔波
不是这样，是一滴泪中的宇宙
不愿抵达的边疆永远存在奇异
我只能想起人的语言
甚至是那种耳语
一再提示的珍重

它们到底穿越了什么
一羽丝绒轻轻拂过无边夜色
飞，怎么可能会接近泪水？

它们飞
天鹅，它们是属于天上的生灵
护着迁徙的地球
一羽丝绒可能会飘落静夜
仰望的人，俯视的人
同时感觉一种临界
就如一羽丝绒
扶摇在语言之外
获得重生和拯救

固镇辞

那曾经的爱情被固镇见证
不会说江东
说固镇垓下的相思树，在秋季
凝望远方的风景

实际上
固镇就是远方，比如蒙古高原
或格尔木，通往西藏的道路
也会在回首间，体味十面埋伏

在固镇
在樱花园边上，我看见十字路口
这就需要选择了
我回返，选择固镇的葡萄园
固镇的黑花生
哪怕在固镇的夜晚
我也会以诗歌的名义
颂歌汉朝，美丽的汉家女
在很久的从前，倚在家乡固镇
在辉煌的黎明前
对时间，献上永世的祝福和怀念

给彼得·汉德克

你别指望看到两只相同的鸟
没有这种可能，你甚至不能指望指望
那种空，我是说头顶的蔚蓝或黑暗
从来都没有改变
如果火焰能够懂得冬天，水懂得冰
如果伟大被伟大确认
你就会走入自己的镜子
你别指望记住自己是谁

你别指望在一首诗里找到另一首诗

在人类中找到人类

没有这种可能，你也不能以梦易梦

你是梦幻的一种，不要指望飞越天空

如果谎言里的谎言走出谎言

火走出火，传说走出传说成为新的传说

你就会进入睡眠成为睡眠里的睡眠

冬至前夜

只有光

才能从冬至的暗夜里拽出一条河流

如果飘到山脊就是雪线

飘到故乡就是佳音

只有光

才能让我们看到观音的面容

慈悲是一句嘱托，在土地上

是稻子，玉米，是背粮回家的

弯曲的背影，感恩乡路

只有母亲才能让我们回到从前和童年

她是光，一直照耀着我们

如果她故去，她坟茔上的草

那风中的摇曳，就是母亲的语言

只有思念才能保持洁净

泪光可以，目光不能

只有独自翻越夜的群山

才能看到地平线，有一个人
始终牵动你的灵魂
这个人将在那里出现
像一个孩子，突然懂得了时间

时间辞

好吧，时间
我承认，我是你的一部分，非常
微小的一部分
我的祈福与怀念，包括一些痛楚
都属于你，它们应该是
同一棵树上的叶子
有的高一些，有的低一些
还有葱茏时节的坠落
匆匆而别的春天
这就是先后了
有的会朽

好吧，时间
为什么我总会想起那些罹难者
他们被我崇敬，被我视为
悲苦的英雄！还有他们身边的
身后的女子，她们维护了什么
究竟为什么，越是身处温暖的地方
我越会联想寒冷
某一个人，某些人
他们都在墙与墙之间
这没有差别，同在一颗星球上

浪迹天宇，这个没有差别

好吧，时间
我就在一杯绿茶中透视奥秘吧
那是开花的净水
是另一个宇宙
一定相隔无可计算的旅途

静待零时

我几乎看见曙光了
羊群在最白的云上变成了牧人
我将迎接你，你不是
新的时间，人间斧凿之声
也不会进入祭祀

没有这个必要
在观音像前，我的心语形成暴雨
但不会击打植物
我将水收集起来，握在掌中
我会选择一个时辰
把水还给恩赐

永远也不会改变了
我热爱菩提的内敛和光泽
我会信守誓言，在闭目默念的每一秒
感觉燃烧，飞越午夜的屋顶

（原载于《民族文学》2020 年第 2 期）

烟 墨

张远伦（苗族）

接 水

把高处的水，迎进我家的水缸
一根接一根的竹子形成山间耀眼的明渠

每一处接头的水线都带着光
声音柔顺，在寂静的山谷低语
下一段接着上一段的话头
像一场关于高山流水的叙述在不断接龙

那是一个神秘的年份，我通过脖子凸出的部分
知道自己的喉咙里有一台抽水机
一旦我像牯牛那样匍匐下去
就会有水，在我的身体里逆行

天下大寒，而这条水路从不积雪
从不结冰，从不阻塞，从不断流
我的生命容器里微暖微漾，正在摁下葫芦起了瓢

篾 篼

光滑的油茶木用火烤黄，变软，呈弯弓形

编织上篾条，做成箥箕
清理院内的枯草

当我新做好一个箥箕，内心的窃喜
尚不足为外人道。只有某个春节的清晨
起床，看见满满的整箥箕积雪
才会哇呀一声，将惊喜喊出来

这时候有一个少年，提着箥箕
一个旋转，将雪撒出去
然后一个趔趄，睡在温软的白色大地上

当然，也可任由箥箕里面的雪
一点一点化成水，从篾条的缝隙里漏下去
嗯，那是老年的我：局促、畏寒
面对故园，没有余力再来一次抢空

那些轻

灰雀扑腾之后的羽毛是轻的
在阳光之上，能久久地浮动
任何一点儿小风，都能将它们送到高处

我站在屋檐下
正在用多种语言和自己争吵
突然，停了下来

我看到了那些轻：飘零、旋转、翻卷
甚至飞翔

都是我无法临摹的艺术

我得更轻一些。比羽毛更轻
比阳光更轻，比叹息更轻
比所有的唯美更轻

不思想、不写诗、不愧疚、不嫉恨
连沉默都没有，更别说哭泣
这时候我是世界上最轻的了

有一刻，在一座被拆掉的老屋前
在复垦的地基上，我向高处飘了上去
像被点着的天灯

醪糟罐子

它们总住在阴暗的角落，避光，避热，避盗窃
我就是那个悄无声息地揭开罐子的人
由于长相猥琐，身份卑微
我是家里盗走糖分的惯犯。任何甜蜜的事物
都是我的目标。母亲为防我
在铁锅上烙熟一片菜叶
重新将醪糟罐子密封
面对这柔软而又易破的封皮，我惆怅许久
终未敢下手。开春之后
醪糟变成了米酒，越来越醉人
于是，任何醇厚的事物都成为我的目标
总有舀起啜饮的欲望。最后见底了
我在陶罐里刮了又刮，看见几粒米化成了浆汁

穷匮的年月，一坛醪糟深藏酵母
微生物那样安静，拯救者那样慈悲

烟　墨

炊烟形成了缭绕的美，形成了村里最接近灵光的气质
形成了黄昏和暮色
形成了乡愁，并被诗句不断提及

这样的人间草木是有好命的：笨拙的柏树、轻盈的茅草
它们形成了炊烟的前身
我作为十年樵夫为此倍感荣幸

总有一些被炊烟放弃的尘埃，低低地聚集在楼板上
悬挂在瓦片上。形成了年景
每年总有那一天，母亲将它们刷下来

炊烟的一部分最终落地了，还有一部分
粘在母亲的脸上，形成笑容的一部分
它们有一个好听的名字，叫：烟墨

借

盐完了，去上寨借
有时候一勺子，有时候一罐子
不用称，也不用量
米筛坏了，去上寨借
有时候是粗筛子，有时候是细筛子

不用拍，也不用洗

我们的寨子不用借据，不用赔偿

要是不小心还不起了

就去帮几天杂工

最大的人情是借牛

有时候是黑水牛，有时候是黄牯牛

不用上枷担，不用系笼头

要是牛太累就喂黄菜叶加红薯藤

这些事我都做过

欠的太多了，不敢还乡

我该怎么将债务还进那些新坟旧墓

这是更大的问题

而最大的问题是

我要不要和他们再做邻居

回村辞

你是桃，我就是李

你是人间的花朵，我就是唇齿的谢谢

你是耄，我就是耋

你是平静的颐养，我就是你挥霍的天年

你是死，我就是寂

你是温暖的亡灵，我就是簇拥你的光阴

你是大地，我是天下

你是不灭的厚爱，我就是长明的马灯

你是大风，我就是细碎的荞花不停磕头
你是小火，我就是枯草满山满岭

故乡，我正在走向微弱的你
而不是走向环球

我正在走向你的孤独终老
而不是走向你的劫后余生

我来了，像茅草，缠紧了你的羊角
像水银，围绕着你的陵寝

我那么干涩，又那么灵润
沿着一滴露水的滑痕，回村

铁匠铺的水缸

一块发红的铁，可以点燃水
短暂的一瞬
也能发出欢快的扑哧声
甚至可以听见那潜藏的咕噜
像是水终于有了喉咙

今晨我在后山镇的铁匠铺看到一口水缸
满盈的，平静的，水
正在等待一种猝然而至的沸腾

小块的沸腾，就是小小的奇迹
就像我此生的错愕
有戛然而止的美

此刻，只有平静，能对波纹做出解释
只有平静之外的小器
还蓄势，带着滚烫的念头

而我什么都不能做了
剧烈溶于水
美也是

停不下来的斧头

最先是他在草地上转悠。接着，是他
提着一把黯淡的斧头，在草地上
转悠。最后，是一把斧头在草地上转悠

……从苦蒿草那里
转悠到艾蒿草那里。从清明那里
转悠到端午那里

停不下来的斧头。它学会的轨迹
是运势，是一个人死后
它还能一直转悠下去

——死亡有惯性：越缓慢，越孤寂

劈柴记

一破两开。阳光清脆

一破不能两开的
必然中间有一个节疤，内部有一个疙瘩
我的一个下午，都在徒劳地
从木头的肉里劈出伤疤来；从浑身
散发香气的枞树里，抠出琥珀般的肿瘤来
从逼近的火焰里，救出残春的病灶来

黄昏用尽。我还在挥舞斧头
噼啪。可枞树
总是用节疤、疙瘩、伤疤、肿瘤、病灶
来反对我

让我的锋芒打滑，掉进烟质的夜幕
温软的寿衣一般的
黑幕

辽阔的光芒中我愿是一小片漆黑

夏夜，在箩筐里，我将玉米
一粒一粒地剥下来。村庄里黄金颜色微弱
白银颜色铺张，玉米的微光
和月光融汇在一起。被磨得锃亮的铁火钳
兀自替繁忙的金属发光
烂板凳上的废橡胶太过低调和贴实
无论怎么摩擦，仍然一小片漆黑

这个村庄里不易发觉的吸光者
像我一样，脸皮粗糙发毛，不敢轻易示人
对光滑如镜的人间，保留了足够的谦卑

123

鼓声绵长，像是在回味牛皮的异香
而我将这咽进肚子里的音乐，理解为一种深深的疲倦
敲击的气流，互相避让
声音却在凝聚

这是村庄里最有重量的乐声
我们叫它们大鼓、中鼓、小鼓
简称：123；读音：幺二三

仿佛打击乐里的三个笨拙的兄弟，它们有领头鼓
中鼓经久不息
很多时候，我都像是那个小鼓
畏缩，闪躲，低矮，怡声下气

只有我发出那最后一声：咚。是很多个咚的集合
构成回声
无数种喜悦荡开去，形成乐声的边缘
弧线的边缘

我跟着自己的延音线，向辽阔的寂静靠过去
1 止息，2 消逝
3 带来了匹配的叹息

345

面对亡灵，我很多时候显得平静
这让我能够听到铜钹击打铜钹时
那短促的颤音

我对音乐里多出来的部分感到着迷
用余音
不能阐明我内心的轻微抖动

345 来的时候
亲人们都很悲伤
这种被数字昵称的乐调
却是村庄里的死亡调子

它凌厉破空
像是无数铜刀片在村庄里飞
被割伤的人纷纷跪下
向棺柩负痛抚摸

铜问候铜的时候
钹拭擦铜的时候
这温柔的起势让我开始将悲伤压低

铜吻别铜的时候
铜撤离铜的时候
那归零的落势，让我只为音乐本身沉沦

3 来了，4 来了，我如此冷酷
5 走了，甩手揖突然停住

徐徐退后的人，像一个门神
关闭了村庄的两个扇面
铜钹的颤音，将在下次关心人间
和多出来的我

甩手揖

即便村庄是一个哑巴，她的儿女们
仍然会用双手，模拟出对亡灵
尊重的意思来

即便所有悲伤的人都只愿意做哑巴
我仍然明白作揖、甩手，这简单的动作
是先祖的意思

神的替身，都愿意这样
他们匍匐，跪拜，起身，跳舞
钹声单调才撕心，才裂肺
悲有形如舞
哀无状，似恰到好处的伴奏

大地短暂失声
垂手肃立的所有人都像是一个人
都是神所眷顾的后裔

我找了一个空位填充进去，成为神的骨血中
假冒的那一部分

（原载于《民族文学》2020 年第 4 期）

围　场

北　野（满族）

一

从龙鱼陵向北，是我出生的
断崖，其中洞穴闪烁
无数火光，正变成星宿
视野偏东，莽汉轩辕坐在沉香木上
如同兴奋的新鬼
大野四合，火焰滚上树顶
正准备烧向那星空玄秘之处
濡水滔滔
在星辰和邑落之间
反复寻找死亡身后隐居的人群
而我选择沉睡
像莲花的化石一样，藏身水底
用一万年时光
把自己磨成琥珀透明的灵魂

二

木兰围场是荒凉的，它的荒凉
是穿越千年的透心凉
它无边无际，白雪茫茫

多干净的一块墓地啊

它可以让我死在这儿，让大雪埋了我

让星光盖在身上，万古的洪荒

是一条大河，它无声的波涛

流过我的头顶

北风从月亮上吹下来

一遍遍地雕刻我

直到把我雕刻成一匹狼

像一张薄纸片

它孤零零地，贴在山岗上

木兰围场是惆怅的

它百花齐放，长天浩荡

多好的一片牧场啊

天空蓝得连一朵白云也托不住

白云都掉到了地上

变成了草原上洁白的牛羊

小滦河，吐力根河，羊肠子河

有胆量，有柔情，有仇恨的牙齿

每次说到它们

都心疼，都想跟着它们游走

一直游到埋着母亲的那片草场

而我的家已经不在

我的毡房已变成了灰色的石堆

木兰围场，我无声的北方

急坠的风声化成了林海

一万里的苜蓿草，掀起巨浪

只有牧人在逆风行走

他祖传的牧鞭，挂在马头上

当风起云涌的大地，被一场暴雪
覆盖：大漠，烟岚，夕阳
时空仍然是亘古不变的战场
而白雪的冠冕下
我泪水全无，我白发苍苍

三

林子里的小路，我走过
林子里的风声，曾把我捕获
围场的边界，星光给它镶了一道
金边，七十二围中
月亮为它挖下了银色陷阱

围场以北，滦河和吐力根河哗哗响
向它的两岸，吐出蓝色旋涡
牧场上的女人
我从前遇到过，今天她从
山顶上下来，脸上有度母的颜色

草原啊，我的猎枪已生锈
我的弓箭已没入石头
而我大腹便便的女人，正从
毡房里拿来火把
她双手红润，从母牛腹下
提来一桶摇晃的月色

马背上的孩子正在长大
我彪悍机敏的孩子

他深远的目光里，鲜花和刀子

是大地上最明亮的火焰

他把鲜花献给白云

白云就把闪电，刻进他的胸膛

他把刀子插进仇人心脏

大地颤抖，草原就把一场暴风雨

献给了他甜蜜的新娘

四

皇帝殪虎，臣仆在填词作赋

旧句子里的新意义，就是在围场

构筑一所陷阱

皇帝在雪地上画了一个迷宫

包含指鹿为马

包含狐狸的美，一闪而过的风

——天空给他造出的世界

有云朵虚幻的琴声

皇帝没有画出的地方

是江山流水，是神秘的远处

我凝神谛听

林涛在大地边缘翻滚

浑浊，奔驰，像一支复活的马队

被寄存在裂缝之中

我一个人在草原上赶路

一匹马在云中狂奔。我们是兄弟

"我们仍归天空所有"

五

我在草原上走，我遇见的
头盔，多过枪戟
遇见的茅草，多过游客中
满脸羞愧的人
我遇见的导游，花枝招展
像我夭折在战场上鲁莽的妹妹

胡草说折就折了，它挡不住
秋风中突然泛起的尘土，它也
挡不住旷野上，敲响羊皮鼓的马蹄
山背后的阳光，突然照亮
大地的时候，我正在草丛中
数星星，像仓廪里满脸
贪婪之色的守财奴，一个人
陶醉在先祖赏赐的富贵之中

我的天下就是这么大
所有的女人，都是我的宝贝
所有的金银和美酒，都吸引我
壮硕的身体，而所有的牛羊
牡鹿，堡垒中的人群，都刺痛着
一个末世英雄的羞耻之心

这本该被忽略的事物，让阴山的
积雪和西拉木伦河的涛声
一夜之间，就笼罩了神秘的阴影
如同敕勒川下苍茫的谣曲里
突然升起的烟雾

六

旋涡里的马，雪幕里的马

孤独的夜色里背着星空的马

伤心的马，失意的马

野火中烧成一堆白骨的马

雪崩的巨浪里冲上天空的马

流浪的马，绝情的马

愤怒的鬃毛发出呼哨的马

撞进岩石深处，如入无人之境的马

嚼灌木的马，吞碎石的马

在山岗和苍松之间

啜饮狂风又吐出狂风的马

在湖泊和幽谷深处

映出身影又放出无数身影的马

离群的马，垂死的马

在寂静的夜空下

沉默无语、泪流满面的马

在空空的马厩前

向着虚空悲伤嘶鸣的马

一场暴雪翻越燕山，命运的

洪流中，一匹马在飞

喑哑的乌云突然用一道闪电

照亮了它孤单的身影

七

做一个牧人，在风中唱歌，流浪

阴山下，跟着云彩、弯刀和草地行走

跟着转场的牛羊漫过山坡
寂寞的心中突然涌上一团愁绪
黧黑的面孔偶尔被湖水照亮

我遇到的羊群都是白云的碎片
我遇到的妈妈正钻出陈旧的毡房
我遇到的花朵，都在旷野的
摇篮里摇动，我遇到的儿女
正在母亲的怀抱里成长

我遇到远嫁他乡的姑娘，正等着
我把她抱走，在草原深处
用百花为她建一所明亮的新房
我遇到的敌人已经逃遁于黑夜
我遇到的朋友都是两肋插刀的
醉醺醺的死党；而我遇到的寡妇
正在星光下暗自抽泣，她饱胀的
胸膛起伏不安，正暗藏着一团
被风吹开的月亮的银光

当牧人的马蹄穿越千里草原
我心中的胡笳和牧歌突然响起
而秋风中的大地，此时正升起摇荡的
山岗、炊烟和暮色中的苍茫

八

映山红开了的时候
正有人埋上山岗，风声的旋涡里

撒满了甜蜜的落英

比起流水越过的岩石，多少光

开始变得神秘

我知道春天如此短促，像闪电

夺命的一瞬

在这个万物明媚的时刻

我知道自己的痛苦来自何处

人群，花朵，迈入天空的白云和小兽

它们都将在此找回自己的归宿

而今天的盛开和衰落

对于我都是谜团，在我的身体之中

它们都成了明亮的伤痕

漫山遍野的映山红，如同一场

生命的激流，我一个人总想在大山的

阴影里，向着它痛哭

无声哽咽和撕心裂肺，像一个

失败的英雄或孤独的野兽

九

那一年，密林里垒起明亮的宫墙

彩霞满天，七十二围先有了

前朝的营帐，后来寒霜一击

猎户和游人渐渐变色

就成了松、梅、柞、榆、杨……

铁的冥想，刀石的火种，秘药的苦

转眼间都赶往了波涛汹涌的北方

那一年，星辰升起，旌旗如云

马蹄释放出一幕黄金的旷野

碎银一样散失的人群
沿着滦河两岸远行
他们遇到的人，都有刀子的目光
带疤痕的脸，怀着歉意
和夜幕里锈蚀的亲人一样

那一年，秋风把所有流逝
都变成了缓慢的光，围场里
浮现：弓马、狍鹿、衰弱的公子
锈迹斑斑的刀枪
向着腐朽过快的前世
一窝蜂赶过去，剩下白云下的旷野
装着我的惆怅，装着一两片
旋转的白云，和鹳鸟空洞的鸣唱

十

驼队、盐帮和皮革商人藏进沙子
夕阳藏进深夜，而劫匪的马刀
正藏进我血淋淋的肩膀
我把湖底最后一汪水吸干的时候
沙狐在风中跳起，腹蛇的尾巴哧哧作响
愤怒的月亮，冷得像冰川一样
沙尘暴拱起的脊背，超过了沉睡的驼峰
它想干什么？这个命运里翻滚的
闷雷，向南或向北
那里就是它血淋淋的战场？
燕山什么也不说。燕山是个长者
而星空下，只有契丹人孤零零的墓塔
在苍茫的夜色里，眺望着远方

十一

今夜如果是欢乐的一日
人间都没有了灾难
干了这一杯吧，我们是牧人
走在黑夜里，我们需要火焰

今夜如果是痛苦的一日
悲伤把你和我隔得多么远
干了这一杯吧，孤零零的尘世上
我们走路要结伴

风过千溪树影迷，酒过愁肠
人心乱；干了这一杯酒吧
人在世上走千遭
心里有火把，泪脸变笑脸

你我都在土里活，只有神仙在长天
一杯浊酒敬给他，上天行好雨
大地才有光
今天我们就是那幸福的人
心里有火焰，身上暖洋洋

十二

据说猫和鹿血缘很近
我知道猫的来历
却不知道鹿，是从哪里来的
现在，它翻过山岗，突然就到了

我面前，我想，我们曾经驯服过的
那些动物，基本上都是失效的
当它看见我，我已消失
或我等同于另一个不可解的兽类

它兀自惊觉，跳开，被迫冲上山岗
陷入遥望和逃命的幻觉
我意识到，它的茸角无比锋利之时
它颅腔里正涌起一股热血
树身里的斧头，转眼间
成了明晃晃的锯片，它愤怒
挣扎，眩晕，但这些都基本无用

我们在风中，扯着一片抖动的丝绸
看颜料喷洒一地，变成水和火
我为此理解了它的舞蹈和狂奔
理解了它在我怀里，惊恐地尖叫
变幻出的各种腔调

但我无法理解，它血液里蹲伏的
到底是什么？薄命的王子
寂静的公主，恋爱或飞翔的孩子
在断崖和草莽间急速隐遁
更多的图谱，需要通过草木的瞳孔
继续变形，最终得到确认
或只剩下我，我们披着
鹿头饰物，呦呦低唉，等着一群
头角明媚的牡鹿从夕阳里返回

（原载于《民族文学》2020 年第 5 期）

零 件

单永珍（回族）

偏 西

你不能用一把尺子，计算
鹰飞的路。因为一股寒流
会把方向吹得偏僻
更不能用酒泉方言
念诵贝叶经，因为沉醉的誓言
会被流浪的骆驼踢碎

当你经过谨慎的沙砾
抚摸一下，像抚摸心爱的笔砚
这就够了，至于沙砾供养多少文字
已无关紧要

那年夏天，滚烫的棉花盛开
睡了半年的青稞酒醒了
茁壮的胡萝卜疼疯了
沙地里的芨芨草吵闹成一片

河西偏西，一席热烈的地理
不要问我从哪里来
也不要问，野地里的马兰
是不是脱胎换骨的飞天

须弥山：静观与自语

从一座山里请出一个石人
睁眼，世间已过千年

那座石像，笑眯眯地
看着来来往往的人群
一言不发

我忍不住想想自己
再看看
那些裸岩
那些松海
不禁唏嘘

秋：哑默时光

一叶知秋，谁令我悲伤
一水知寒，雀儿喝水的次数少了
一阵寒暄，背影多了恓惶

这广大人间，呼吸拥挤，偏偏缺你
万千面孔，多少生肖
我独对一张画皮叹息

风刮过。针扎过。雨淋过。盐腌过——
我苍老的心，装不下更多
怕来世的车站里，匆匆擦肩
你向北

我向南

秋日书简

大地上落下一层霜
草木们承接了
含蓄的白

一袭素衣
看着清晨早起的人
和马路上依稀的车辆

好像一切都没有发生
万物忙着各自的事情

唯有草木们闭着嘴
抱着——
抱隐忍和悲伤

在戈壁怀念一个人

戈壁辽远，怀抱空旷
空旷得让我想起孤独这个词
那些沉默的砾石，带刺的植物
粗糙，并且深陷于自我革命
大面积的神谕，将戈壁和我
安放在热气腾腾的人间

是的，空芜、空寂、空茫的虚无陪着我
我空空的心，只能装下一个人
修长的背影和如水的语言
相互安慰

戈壁辽远。我时常遭遇这样的情景
黝黑的皮肤、潦草的脚步、简单的衣食
这些她习以为常的阅读
贯穿我恍惚的半生
有一些温暖，包括无以复加的燥热
袭击着我

而当悲愤的阳光开始弯曲
当落日的赞美词漫天响起
我已经完成一篇散文的开头——
爱是死亡轮回的温床

午夜：一个人的遐想录

我正在经历一天中最霉黯的时刻
—— 一些分裂
—— 一些破败
—— 一些焦虑
—— 一些阴郁

我想获得拯救，用
中年的肩膀——
纪实的图画——
苍凉的凝视——

夜半的颂唱——

只是，残月高挂在古雁岭的塔檐上
遥不可及
尽管残月高照
花盆里冷漠的铁树开花了
我被一阵莫名的幸福
贯穿得稀里哗啦
我被兄弟般的肩周炎
喂养得仓皇

无法言说的峻急
从圆珠笔的腹地
潇潇而来

晨：在闽宁镇所想

电线上，一只麻雀挨着一只麻雀
书页里，一个词挨着一个词

一个人爱着一个人，生命就会活跃
一个人爱着一个人，还爱着另一个人，太挤，于是世界喧嚣

潮涨。潮落。潮汐依然是潮汐
但昨日之花非今日之花

我不相信轮回。但相信，新世界的开始
我相信太阳会公正照耀，不相信，月亮一定忏悔

花园。把你的名字种下，一遍一遍发芽
为什么无法把自己写进一首赞美诗里

我听见你均匀的呼吸，幸福的笑
而我快要憋疯了。起来，朝着东方，唤礼

一个年过半百的人

一个年过半百的人
忍受了白天的白
黑夜的黑

一个年过半百的人
忍受着肩周炎
空气的薄凉

一个年过半百的人
看到空空荡荡的街道
就是没忍住两行热泪

风吹过

风吹：喜鹊窝有呜呜声
耷拉着脑袋的鹊儿侧了个身，又迷糊了

风吹：冬麦地的青苗缩了缩脖子
春天似乎后退了几步

风吹：张撒村文化舞台清冷空寂

只有孤寡的神怀揣酒瓶酩酊

风吹：西吉到会宁高速建设工地热闹起来
戴着口罩民工的力气比去年多了几斤

风吹：柳枝一天比一天软和了
一树柳枝摇摆，拂动几个留在村里的女大学生

风吹：西北偏北的沙尘暴安静了
建立卡户王海红美美地伸了个懒腰

风吹：从青黛的山峦抽出一条路
一辆运送农家肥的拖拉机冒着黑烟

风吹：鸡叫狗咬娃娃吵
一个大屁股的婆娘蹲在门槛上嘟嘟囔囔

风吹：草贴地皮，封山禁牧的牛羊
在圈里为城里人增加重量

风吹：吹凉一个诗人的抒情，吹热一个扶贫队员的叙事
我渐渐喜欢上与农业有关的三言两语

（原载于《民族文学》2020 年第 7 期）

阿尔山之恋

满　全（蒙古族）

熔岩石，时间的废墟

虽然无法考证，你那久远的年代
我却依旧迷恋，你那复杂的身世

一条河流
日夜环绕着你那黑色的孤独
天地无语，如同时间已经凝固

你的谱系
应该与太阳神有关
抑或与遥远的星球有关

岩浆变成熔岩石
或许是时间的魔法
我无法想象一亿年前的凄美故事
火山爆发，无可抵挡的毁灭
那场惨烈肯定超过所有战争
我以万物的名义
此刻倾听宇宙爆炸的传闻

凝望你无情的表层和漫无规则的形状
必须重新认定快乐与痛苦的轮回

你是来自地球心脏，火热的帝国
却以冰冷的方式
守候着一片时间森林
你是来自时间尽头，远古的城邦
却以幽静的形式
讲述着一场地壳运动

春雨来过，秋风吹过
却无法拭去你那苍天般的静默
杜鹃花绽放过，白桦树哭泣过
却无法叫醒你那宇宙般的沉寂

熔岩石，或许是时间的废墟

驼峰岭天池，仙女的一滴泪珠

我用不同的高度
凝望你的姿态，只是为了揭开
你那神秘身世，你是上苍的左脚印

我用不同的角度
拍摄你的幽静，只是为了抚摸
你那蓝色惆怅，你是时光的守望者

我用一天的时间来环视
你那绝世容貌，只是为了寻找
曾经的感慨

我用一生的时光来回味

你那非凡气质，只是为了惦念
曾经的遇见

驼峰岭天池，犹如仙女的一滴泪珠

惜别，阿尔山

惜别，阿尔山，肯定是命中注定
很多时候，惜别就是相逢的导火索

铭记与众不同的身份
或许是友谊延续的方式

虽然拥有不同的人生路径
但是成功的喜悦和失败的痛楚
对于每个人同样珍贵

边陲小镇，只是时间的客栈
很多人来了，又走了
白狼峰，以王子的高贵
迎接八方宾客
只是为了讲述不寻常的经历

冰河期，如此冥远

整理行囊，踏上归程
惜别是必需的程序
火山遗址，无法表述的宇宙秘密

站在森林深处
仰望天空，只是一种感慨的表达

遇见秋季，白桦林作证
一路向北
有一条柏油路通往遥远的天际
安达的歌声，回旋在古老的天空

驼峰岭天池，还是与仙女有关
不必考证，天池与仙女的故事
很多时候
美丽的谎言是安抚灵魂的方式
很多时候
天界是凡间的背影

奥伦布坎
来自贝加尔湖的狩猎部落
一棵灵魂树
诠释着远古部落的整个历史

古老的萨满
演绎着千年的传奇，奥伦布坎
如同天地绝唱

站在八月的翅膀上眺望北极
是谁
在辽阔无边的大地中央
吟唱着一首惜别之歌
短暂的相聚，如同千年的等待
在上帝背影的阿尔山

是谁呼唤来日的相遇

一碗烈酒弹出心中的豪迈
幽静秀丽的阿尔山，如同你我的情怀

惜别，阿尔山，肯定是命中注定
从此你我多一份期待

（原载于《民族文学》2020 年第 8 期）

纪念碑

龙险峰（苗族）

灵魂归来

灵魂归来
黑夜洗净圆月的眼泪
黄昏卷起旱烟叶子
燃熏斑驳的青蚊
给灵魂扫出一条金色的道路
雾气氤氲　紫气聚围
勇士的血没有白流
七十五年前用胸膛和肝胆给国难输血
用骨头挑破日冠的黑头

七十五年了
躯体倒下
抗战的泥土埋下勇士扣枪的手指
扛刀的肩　踏火的脚　嚼草的口　藏爱的心
唯有灵魂不灭
在高原的傩祭之中

灵魂归来
千年古城牌坊大开
夕阳祭衣掀开天地酒坛
给勇士一个清晨的温暖

灵魂归来

归来的灵魂是我们寻找了七十五年

生生不灭的抗日苗家先辈

寻　找

过赤水要用子弹的速度飞奔

当年北上抗日的红军选择渡的方式

摆脱敌人的围追

赤水从此染上了血的颜色

红石头跳动红色的心脏

红波浪里奔漂着红色的衣裳

赤水从此成为一种信仰

镶嵌在爷爷的脑海里

七十五年来　准确说

赤水和历史一样久远

激活爷爷的记忆

直到红军北上抗日的旗帜

飘扬在太阳每天升起的朝霞上

照亮我寻找爷爷长征

过赤水时留下的脚印

那梭穿过赤水浪花的子弹

已经射穿了高原夜空上

那一颗颗璀璨的星宿

它们带走的是仇恨

留下的是探索真理的光芒

一直燃烧我寻找红军爷爷的眼睛

我从未停止

寻找红军爷爷的脚步

从我知书识字开始

我就开始寻找爷爷北上抗日的故事

这是一项比种花生追山羊还重要的事

唯有不断出发去

寻找爷爷北上抗日的足迹

我才会从旭日升起的东方

取回子弹穿过赤水河谷的弹头

放回爷爷当年离家的门槛上

再听爷爷

讲述中国人抗战的故事

子　弹

拨开秋叶

我找到一枚子弹

这枚子弹一直在抗战路上

追随爷爷的步伐

飞翔

这枚飞翔的子弹

就是爷爷的心脏

从淞沪会战飞到太行山

这枚子弹往返于日升月落之间

像苗族古歌里传唱的神眼

看穿邪恶的真相

携带光明的未来
跳动在爷爷的胸膛
爷爷正因拥有这枚会飞的子弹
抗战路上英勇无畏
与死神无缘

1945 年 8 月 15 日爷爷将这枚会飞的子弹
镶嵌在雪峰山的石缝里
为的是纪念那些牺牲了的战友
告诉他们在共和国的土地上
他们的灵魂永远不朽飞翔

苟坝的木屋

搬开一座大山
我便看见苟坝的木屋
露出历史的本色
无线电波频闪
历史走出封闭的空间
太阳解除人间风云的保密期
那些曾经徘徊过的人
幡然醒悟
发现今天的坦途
原本由昨天的坎坷铺平

在苟坝
我移开一座座山丘
一块块金色的梯田
走下山坡

向着历史的镰刀斧头致敬

抗战公路

此刻是中午
我坐在眼前这座山下等一个朋友
他从另一座城市赶来
天南地北的车从我身边驶过
随即消隐于山峰山谷

这座山有个吉祥的名字：七星坡
源于山上有七个山头
像是天上的七星

这座山保存有一条抗战公路
公路修于 1944 年
是当年大西南通往重庆的秘密通道
大量的军需物质从这里运进运出
也是当年国民政府撤离重庆时最安全的高原通道

公路很陡很险
七拐八弯不用说
最驰名的是半边桥
桥架在悬崖上
且只有一半

修这条公路据说大多是苗族
抗战期间
用尽半生的力气所修

抗战老前辈

靠近石块垒起的纪念碑
心随天雨敲击石阶
一步一音节

雨怎么停了
抬头
天空现彩虹
哦　那就是我们的抗战老前辈
当年遗留的红飘带
他们已走了七十五年
七十五年来他们一直眷恋这片山岗
脚下的土地
浸透他们如火如荼的青春热血

七十五年来
被抗战勇士当年决战
染红了的白色石灰岩
如今石上花开
圆圆的花朵
似抗战老前辈跳动的心
岁岁月月甜蜜着父老乡亲的生活

七十五年来
我都在抗战老前辈
生活战斗过的土地上
劳作耕耘
用丰收的果实
装下天上的太阳月亮

与长眠在这片土地下的抗战老前辈
共同感受祖国的繁荣与富强

纪念碑

木黄人聪明
他们把英雄的纪念碑建在半山腰
让战死的灵魂
升天节省点力气

让远去的英雄晴天可以听到鸟叫
雨天可以听得到木叶落在石上的声音

面对英雄

八月的阳光多了一层火光
从战争的烽烟中走来
英雄肩扛民族大义
用生命推动光明的巨轮
前进在自由的航道上
浓烟似枪炮的雨伞
遮挡不住的是英雄的气概
恶浪滔天时
人生命运大抉择时
英雄不迷茫
不妥协
不向险恶的危崖低头
凭握过锄头的手

紧握历史进步的枪杆子

听从人民的召唤

凭借挥刀砍柴的手

拨开乌云和黑夜

扬起高傲的头颅

追随太阳一年年不回头

眼中没有悲痛的泪水

那是因为英雄能成为英雄

心中自有永恒不落的爱的太阳

（原载于《民族文学》2020 年第 9 期）

杭城十月寻桂子

查　干（蒙古族）

白乐桥 1 号
——中国作家协会杭州创作之家

白乐桥 1 号的命名
大概与杭州刺史白乐天无关
至于基因因素
我可说不准
因为他总喜欢
以诗骨修堤建桥
譬如白堤
白乐桥
这一座黛瓦白墙的 1 号
为什么叫作
家
灵隐晚钟说
或许出于梦
因为谁的魂在此处
守成了
一盏
灯

北高峰

在群峰之北口含黎明
它在运气
而后猛吐一口
山色为之翠微如黛
湖光为之潋滟似霞
遂整个杭城
幻为香囊
因了
茶香

而斯时有一位湘地诗雄
正拾级而上
他索性把手中的藤杖一扔
也来掐腰吟哦：
"三上北高峰
杭州一望空"
于是
一只晚鹰凭空而来
融于晚钟
不见了

白堤与苏堤

假若走北山街
从白堤到苏堤
也就是一刻钟的路程
而由唐

蹀到宋

则要时光几百年

作为忘年交的白堤与苏堤

在西湖一见如故

于是交杯

于是醉

之后卧成两首水韵七绝

让山推敲让水推敲

让凫水的白鹭推敲

也让悠悠晚钟推敲

我非游僧无缘推敲

刚抓一把堤外桂香为烛火

只听断桥一声断喝：

何人在折桂

送客

西溪湿地

我来这里

是想做一杆芦苇的

皮囊缺水

骨骼缺血

着实让人沮丧

而在这里

水是弯腰即可畅饮的

或者

变一只水鸟也好

过一次淋漓尽致的泼水节
让羽毛洁净如初
让音色清新似露
而后掠水而飞
从此不与
龌龊为伍
或者干脆把这一片湿地
披在身上在午夜的茶田
淋为
雨

云栖竹径

这一山的竹径上
横竖都是
微醉的
云

我与它们并非陌路
有时勾肩搭背
有时道弟称兄
陈年酒香一定是来自
那一株千岁枫香树
不然为何近树就使人酩酊
而那些珙桐枝头的白鸽子
为何也不飞呢
难道也好酒吗
啊哈来自远古的这些精灵
不会是竹径上沦为酒徒的吧

它们在劝我也脱下画皮

求得枫香老

赐一壶

酒喝

飞来峰

进得灵隐禅寺

没到佛前

烧香磕头求签

而是直奔飞来峰

去登攀山道

石壁上的

弥勒大佛

却一脸地笑眯眯

似在说：

免了吧施主

提着那么厚的大肚皮

还敢登飞来峰

还不如从这里

磕仨响头了事

何况你带有满肚子的

油腻

浊气

就不怕熏倒

修身于峰顶的那一只

鹧鸪吗

进西湖未登雷峰塔

走进西湖

未登雷峰塔

雷峰夕照再美

也没有心思欣赏

不是说小青倒塔

救走了白娘子的吗

怎么如今塔又站起

法海得势无疑

与养性积德有关的

佛塔

一旦与"镇"字联系在一起

就不由让人毛骨悚然

说不定你登上塔去

就会有人喊疼

与其作孽

不如绕去

从白堤瞄它一眼倒是个法子

只一眼塔是倒不掉的

即使斜睨

断桥残雪

杭城十月断桥无雪

我是北方佬

并非直奔残雪而来

我是来看

许仙与白娘子断桥相会
假如那时恰逢月夜
该有凄美的月光碎片
弯腰拾得

在桥头亲昵留影的
该都是情侣吧
我悄没声息地对他们说
莫把传说仅当作传说
小心有变相法海
在水域窥视
上善如水
面对法术都无能为力
何况一座小小的
断桥

（原载于《民族文学》2020 年第 10 期）

天高地远

龙金永（苗族）

天边的呼伦贝尔

呼伦贝尔已经遥远
还想与你靠成呼伦和贝尔湖水的模样
记下两个符号，纵然贝尔湖水已被切成两半

草原的天很高，地很远
你的侃侃而谈，没有让我变空
让我想象如何在马背上跑落一轮太阳

一盘月亮又来，挂在草原上
以歌下酒，我在梵净山下等你
离别的马头琴拉我一身忧伤，不见不散

在武陵主峰，如果我把思念
命名为天边的呼伦贝尔
把青藏高原也加进来，刚刚好

青藏高原

前生为水，因两个板块较量
输的匍匐为奴，几亿年的奴性

让赢的，登上了世界屋脊的宝座

你把躯体，收拢成鸵鸟
流放雅鲁藏布江，以纳木错为眼
从小昭寺到大昭寺，把文成公主兑成永恒的爱

高处不胜寒，你一生背负积雪
分配给拉萨的日光，如布达拉宫的红与白

转山转水转佛塔，我不磕等身长头
喜马拉雅褪下的雪线，已齐腰平

太湖美

把两千四百方圆的美铺展
以水的雍容气度，拥揽五十亿立方的体量
不喜不悲，不增不减

天生如玉，夹持在兵家必争的两块富庶之地
用柔软的心，体味金戈铁马
是如何把两个王朝摇摆于一条江的上下

把美分成两半，一半西洞庭山，一半东洞庭山
布四十八个岛屿，七十二个山峰
让湖中有湖，山外有山，让美环环相扣

美的深沉和极致，源于吴越恩怨和勾践卧薪尝胆
在鼋渚春涛，在大王范蠡携西施
摇橹泛舟的蠡湖烟绿

我无法穿越历史，无法成为那个画中走来的美人
唯有茗一杯碧螺茶香，跟随太湖桥的一百八十一个孔洞
远远而又静静地，欣赏太湖的美

平江路

在夜的窟窿里，指给两个去处
观前街和平江路，一生的繁华落尽
我选择了后者

在平江路，有青石板可以一直走下去
没人对我叫嚣，也没人对我叫停
唯有古桥、古宅和古井一路静静跟随

脚下的平江河，氤氲缥缈，可以做一个梦
梦回江南，游一趟桨声灯影里的秦淮河
睹一眼秦淮八艳的美貌，听一回评弹昆曲

走在纵横交错的平江古巷，没有油纸伞
也没有相遇那个丁香一样哀怨彷徨的姑娘
今夜在平江路，只有我和我的影子

风

说到风，说到记忆和矫情
足以把松动的一生，吹进了骨髓

北方的风只能邂逅
如剽窃一场意外的恋情
如一阵酒香，猛烈如刀

南方的风，长成的小家碧玉
娇生惯养，轻轻呢喃
吹不出峰峦叠嶂

南风和北风
注定是一生的错爱
一个往西，一个往东

与时间一同消耗

一生无法体面地让时间夹带
路刚好走完一半
剩下的一半，开始伸进土里

今年对于我们，时间已经过半
需要把损失的抢回来
每一天都被耗得精光

在时间的末梢，又得花掉一些
去医院，去学校，去菜市
再把沉甸甸的生活拎回家

时间已经饶恕我几十年了
不再配以黄金和白银
只能做一块，锈迹斑斑的铜

刀

一生能拿动的刀，无非两把
镰刀，从山地里把生活讨回来
菜刀，把生活切细一点，便于下咽

不小心的时候，也会刀刃向内
对着自己的刀，但从不对人

没有代号和形体的刀，更加无法把控
暗藏花的香气，也蓄积蛇的毒性
一经遭遇，就是刀刀致命

打笋记

不再掌犁，也不再吆喝牛
为纪念一场劳动
把老人小孩都带上，进山打竹笋

前年打了一场，今年也打一场
去年缺的一场
像今年的一场，缺了老人

（原载于《民族文学》2020 年第 10 期）

历史悠久的土地

金　哲（朝鲜族）

朱　霞（朝鲜族）/译

肉中刺

像手上的刺

一碰就痛

故乡啊

你是我身上

揪心的肉中刺

阿里郎村庄

如同飘飞的柳絮

我们遥远的祖先

唱着阿里郎聚集

在蜿蜒的图们江畔

阿里郎村

升起了袅袅炊烟

赶着两头黄牛

挂着青丝灯笼

层层密林变成肥沃的田地

秋风中剩下的只有叹息

雨水顺流的房顶

绿苔莹莹

勤劳的双手改变了河道

同甘共苦的邻居

情同手足相依为命

泪水伴随了祖辈的一生

父辈的道路艰难困苦

江边树丛里走过队伍

出征的日子战歌嘹亮

河堤上种柳阻挡洪水

白杨树成林遮挡风沙

房顶铺新草葫芦绕篱笆

胡同里鲜花烂漫果实飘香

啊，波浪翻滚的图们江

默默无闻的阿里郎村庄

跨越云蒸霞蔚的年轮

怀着梦想和希望的村庄

历史悠久的土地

延边的热土

处处都能掘出历史

阴沉的褴褛岁月

愁闷的天空

挂着破烂的不幸时
雪白的悲伤
躺在海兰江上
流向遥远的海洋
图们江
忍着刻骨的伤痛
在东海迷失了方向

血染的山川
山山烈士碑
勇士们的忠魂
直插云天

战歌嘹亮
山野燃烧着
粉红的金达莱

我们的祖先
一辈子头顶阴天
垦荒造田
用枪尖种植传说
虽被魔鬼刺伤
洁白的心魂
却依然不变

岁月抹不掉
风月洞的喊声
抹不掉青山里
雷鸣般的枪声

深邃的沉默
融进蓝天
青山怀抱着百年奇迹
今天，啊，今天
苍翠依然

图们江

图们江　你是
刻在大地上的一道伤痕
是流不尽的泪水

你用悲凉的传说
透明的思索
冲破岩石
用野性的冲撞开辟道路

一条湿漉漉的影子
蜿蜒在峡谷里
在冰冷的衣裙上系上了飘带

太阳的微笑
曾在你的波涛上跳跃
憔悴的脸庞
曾经映在你的胸膛
你把生命染成浑黄
流经暗淡的梦境

绳索般拧成的一生

流到水鸟歌唱的河口
即将画上休止符时
回首苍凉疆土的伤疤
你在思索什么

是告白　还是忏悔
抑或是虚无的自豪
点燃思考的冷却点时
哦，你瞧那里
夕阳在波涛上烧煮落照

山　村

肥胖的一群野鸭
生下一汪碧绿的湖水
飞过山岭远去了
发酵的太阳
悠悠地躺在童山上

慢车的终点站候车室
末班车的旅客也走了
检票口前的一排银杏树
喧闹了一阵后耷拉着叶子
过季的一双蝴蝶
黄昏时分躲进花朵里

如同回忆升起的月亮
披着晚霞的山坡
浸泡贫困的黄色茶杯里

刮着生锈的风

在季节流逝的
歪斜的门框之间
沾满贫困的
皱巴巴的脸
把瘀血的想法
挂在风中

低矮的草房
家家咀嚼着思念
短如鹿尾巴的太阳
牵来打哈欠的早晨
小草擦拭眼睛
星星脱掉了衣裳

风数了数几根头发后逃走
垂柳下长满绿苔的泉井
舀出圆圆的天空
斗转星移日落月升
无人造访的小山庄
人们腌渍年轻时的梦
一天一天过得很平静

（原载于《民族文学》2020 年第 12 期）

西峡山中

雪 舟（回族）

一

我们必须从夏天入手，进入林木
广布的山中。云杉翻山越岭，
油松攀岩峭壁，华北落叶松集团式
分割了灌木林、白桦、红桦、辽东栎、
山杨、榆树混编的队伍。
与峰峦坡谷结盟，铺张于陇山的郁郁葱葱。
冬日的雪，飞升为云朵，耀目的往事
拖曳着浓重的阴影，谷壑分明，
众树分享着浑厚敦实的居所。
万物的根，有无数驻扎的领域，而
去处是唯一的。
困在时令的律动，以想象，以时空，
置换岿然不动的山脉。它遥远的
过去，在横亘千里的祁连山，扩散至今。

二

时光回溯，暮春时节，万木倒叙，灰黑蜕变
山谷统一了新绿的面容，树木，
统一了阳光丈量的尺码。进入一座山谷

陡然跌入相同的千座谷沟，迷惑
大于萌动的镇静。迷路的人，搜寻来路，
步履匆匆，依旧回到了标记的
椴树下。据说，野李子树漫山遍野，
香气在风中涡旋，遇到进山者，
会迷醉于某凹陷的漫滩。载着货车的
司机过六道弯，盘山路两侧花树繁盛
神志恍惚，需屏息静气，绕至
五锅梁，早已大汗淋漓。花事已了，
新绿初绽，整座山谷才会安然通行。

三

雨水生新枝。枝生嫩叶，摇曳
在纸上，像多足动物，却不留下踩踏的
印迹。树阴，影子的练习，时刻不息。
在那轰轰烈烈的山谷，想象
倾心的绝壁，滑翔的鹰隼，柔弱的树杪，
误读为绿色铺展的平地。
矮松之根，嫁接于奇思妙想，岩罅凹陷，
区分筋骨。藤蔓植物，安插于
险绝之境。岩蜜高悬，尝试甜蜜，须
穷尽飞崖走壁之功。杜甫在山中
似乎绝佳诗句即在高处，非攀缘而上
不可获。秦地风光，诗有收藏。

四

山中有月。你指给我的上弦月

有槐花的味道。现在，
花瓣散于时间的角落，月亮圆满
一具铜镜，扶镜梳妆的人，只发光
不说话。
幽暗的树杪，佯装不知。鱼，安眠
在波纹虚拟的水罐，游弋于，它
呼吸所及的想象之内。
山冈之上，月的内部已掘空，宝藏失踪
撂荒的田地，等待犁铧。尖锐的
语言，像荆棘丛生的黄蔷薇，环绕于栅栏。
种子，已在春天选好它的土壤。

五

秦人造箭时，模仿了箭竹的呼啸之音。
洪荒，曾借过羌人的农具，笛孔留下过扑朔迷离的
故事，太多野史的纷乱枝条，抵押在年年
累积的异乡。六千匹骆驼，载着秦地
农耕的图景，六千只马鹿，
六万双毛茸茸的角，跃入胭脂川。明月呀，明月
银器叮叮当当。
队伍里有人传来耳语：多年前，
祖辈失传的物证，就在前方。

六

松林，固定在湖水岸边，波浪是细小的刀子，
收割着晨昏的光线，光线织缀的时间。

地下的根须本是一座宫殿，

日积月累的浸泡，它的血管已然溃烂。

灭顶之灾，最剧烈的，

常常出于地下，不动声色地攻伐。

松针是锈蚀的箭，布满周身的伤，

在风吹雨打中，兀自凋敝。

松香喂肥了湖水。

树冠里的一群白鹭，将携带松魂，回到月中。

松林之上，天空归于云游的风，风归于

悬挂的事物。

白云是巨大的乌托邦，它游离的

空中农场，谷物垂挂的姿态，不辨风向。

朝向语言的古井，投石，投箸，

抛物者必逃离他的反面。

松林如怒涛，我听到过，愤青般的鸣叫

一座建筑工地，伐倒了一片松林。

鸟群盘旋，集结，队列整齐，失散者

最终回到，它庞壮的中间地带。

七

夏日的阳光完全淹没了桦树林，

点燃了蓝色的寂静。桦树林上空，升起了

蓝色烟岚，与天空流泻下来的蓝

彼此融合。

像早已商略成熟的一种

崭新的颜色。看得出，天空的冷，

与树林上空的热，是相恋事物衷情的反应。

蓝色的火焰，来自树木久远时期，记忆储存的居所。

一个上午，它

都笼罩在自燃堆放的氤氲之气中。

正午，它的燃烧达到了沸点：

白桦，将林子围成一个椭圆；燃烧起烈焰的，

是中间的黑桦林，层叠累加，犹如

一道道黑暗的悬崖，倾斜，却岿然独存；

红桦林，在四个方向，矗立着寨门，

桦皮噼啪作响，旌旗般招展，似乎有秘密的

队伍穿梭往来，攻防守于，某个遥远时代

鲜为人知的战事。

——聚集为，浑然一体的庞大气流。树林，

整体上升，高于，

一扇窗口里，凝视许久的一双眼睛。

桦树林，最终在蓝色火焰中，回到远方山脉。

随后，蓝色的鸟群，跟随火焰长长的羽翼

降落，静静燃烧的山谷。

八

"因为万物循复，不可使水脱离视线。"

而来自森林的忠告，最终，会留下

涧水，狂放不羁的心。

在山谷舒缓的夹岸，拦水造坝，建成水库

戴系于大山修长的颈项。碧玉深寒，像月亮

抛出的托盘。支撑，

一湖荡然的水面，托柄和手，至今无人知悉。

波澜不惊，堤岸和闸阀，驯服了山的野性。

向源头上溯，会抵达《诗经》的故乡

再向上探幽，

曲径逼仄，岩石横乱，溪流汩汩
指证，来源于每一棵树密布于地下，庞大的根须。
数不清的落叶，有多少，
根须知悉；
数不清的波浪，
有多少，托盘的秘密不可释。
为人举鼎者，除了一身力气，还有
一片冰心，埋没于深山里。

九

你不是出现于这乱峰间的第一人，其实
山谷早于任何人。旧木新枝，
旧峰，新桥——守林人刚刚过了涧水，桥
是一根约三十年树龄的青冈栎
——横在涧谷最窄处，测算着光阴飞沤，
在暴风雨之夜跌倒的，突兀杂念。
昔日的狩猎人，更换了手中的工具，最后
只剩下两只磨砺过艰辛的手。
他数了数，
山中惯常的树木：栎、桦、椴、杨、榆
数了一遍，风在吹，
又数了一遍，风再吹，风持续吹
树木聚集了散乱的枝条，树冠
扭打在一起，飞出几只笨拙的野山雉
鸣啭中，似乎在讥笑他——
你数得清，自己的白发吗，苍老需要养神
你踏过的小径，终必为荒草侵占，黄昏
催促你，随流水一起下山

一间空屋子，一处空院子，一个旧人

在等着你——

十

涧水的立场即是向低处去。

当它立在一个平面

借助风，也不忘匆匆赶路的念头。

低处，常与石、谷、壑、崖

更多陡峭的事物为伍，

水不拒绝更低的去处。

它喜欢坚硬之物，递过来的手。

旋涡，是晕头转向的镇静剂

挽留它的，实质上，是深不见底的

藏匿者。

深渊，有时，是避难所。

岩石并不可靠，重力在加速。

光线响亮，比拟，穿林打叶的箭矢。

深涧边，顺流而下的人，时而

隐身于乱崖，时而又立在，

瀑布喧哗的桥头。

日影西斜，流水在侧，隐身已久的

阴影，纷纷动身，

驱赶着涧谷明亮的前程。

十一

月亮，准许它的内部模仿一棵树的姿态

因而，面对月亮的人，总会萌生出许多

崭新的想法。

山秃以后，只有石头可挖。在采石场，

一只鸟的嗓音，像尘封已久的冤魂

被长臂挖掘机，抬出乱石堆。

石头，和月亮扯上关系，高高在上的

殿堂，必以石为基。

那妄想摘月之人，奔波在山巅，青葱少年

伛偻成树墩，整日望天思谋，他便在自家的后庭，

挖了一眼深井，在朗月之夜，邀月溢出井沿

和他对弈，那盘下不完的残局。

唯有在漫无边际的夜晚，空间无垠的黑暗

与天地共拥，一轮波光粼粼的润月

他会想起他的祖先，从荆棘中走来，脚下

踩踏着一座高原的尘土，流浪，迁徙，

出没于山的褶皱

明月，祖先，山林，在棋局间，独自沉默于过往的悲喜。

十二

秋来急，山涧挟裹乱石，涌动

宛似重生。驳杂岩层，滴答着潮雾的山钟

黝黑的岩隙间，根筋穿石钻岩，支撑着

庞大山体，倾斜的山势

千钧之力，在巧拙之间，施展陡峭之美。

树根是长期结盟的友邻，这精通万象的长者

深谙合纵连横之术，

洞悉土壤、砂粒、石块、根须交错复杂的关系

乔木灌木，针叶阔叶混交一体，又各承秉性

风雨孕育，抵御侵蚀，穷尽荣枯的秘密。
一座山的胸膛是坚硬的，又是柔软的
向半空送出一截巨石，
替庞大山脉
探问远方，寒气犯边的讯息。
无名的山峰，无人登攀。像你写下的书，无人翻阅，
而素昧平生的鹰，盘旋山巅。

十三

他要找到最窄的出口，他以为
这绵连不绝的山林，只有一个逼仄的、完美的出口
他相信一夫当关，万夫莫开，
他手握一支竹笔
要替这座百万顷的绿山林海，留住最后的美
——偏僻、神秘、笨拙，世间难有匹配的纯粹。

（原载于《民族文学》2021 年第 1 期）

晨光中升起的炼钢厂

巴音博罗（满族）

不要在炼钢厂面前谈论大海

不要在炼钢厂面前谈论大海，这大海
是祖先的大海，我们是波光粼粼的晨曦
和暮霞。我们在追随它五百年之后
才成为不肖子孙。而炼钢厂
一直是我们情感中最软弱的那部分
即便我们有一颗钢铁般的心脏
即便我们在无数次献身中得到解放！

不要在炼钢厂面前谈论书籍
如果微风真的发现了我随手打开的册页
那一定是一首描绘春天，寻找星辰的诗章
就像一丝云影滑过仰望的脸庞
我会羞涩，会为一支节奏铿锵的进行曲流泪
并击落盘桓于钢厂上空的鸟群吗？
哦，一万架钢琴齐奏的钢铁厂啊
那森林——那让我们一代代做梦的地方！
沉思吧，然后使出全部力量
迫使我们属于这莽莽大地……

不要在炼钢厂面前谈论悲伤
不要试图以一腔热血对抗枯枝败叶

请把我放在钢墩上反复锤打，我是矿渣的情人
我是结结实实钉在工人兄弟头骨上的钉子
那是北极星短束而锐利的辉光，那是青铜色的
黄昏，那是时间这伟大、沉默的导师！
他在指引人们阔步前进，就像北方的荒野
铜号在召集，群山向钢铁厂汇涌、波动
使肉体中坚强的部分，慢慢变为不朽……

也　许

也许钢铁厂无门
想进入它内部的人
被撞得头破血流
也许大墙上的窗户早已钉死
寒意正透过玻璃注视着外面的人们

他们说一万个死者的灵魂
此刻正停歇在钢铁厂寂静的脸庞
像雨，挂在电线杆上

也许黑色的钢轨正穿过辽阔的厂区
像一生的伫立，让十个脚趾疼痛、战栗
而日光正从世界的另一端降临

夜，才是钢铁厂真正的大门！

上下班时分的钢厂大门

我看见一部伟大的机器在运转

那高于山岭和一棵百年大树的机器！

我看见无数进出者穿着统一制服
他们的脸苍白而热烈，仿佛准备献身的义士

我看见一座历史的大门时开时合
而鹰在空中盘旋——那太阳，那永恒之物
使无穷的热情从天而降
像一个新世的诞生！

因此我们将阔步行走在歌声洗涤过的
嘹亮的废墟上，心被告知
成为抵御任何腐朽事物的创口
哦，这种彻底在屋子里呻吟的痛苦
到底是什么？而烟是劳动的手
和血液中的燃烧，它能否最终
攫取命运，击败时间
因此我们将在沉默中闪烁！

在钢铁厂中牵出一匹马

我要在钢铁厂中牵出一匹马
一匹乌沉沉的，浑身散发热气的马
它昂首向天，长鬃飘飘，打着响鼻
咴咴长嘶，仿佛一列机车的车头！
瞧，在它身后不止一匹，而是汹涌而出的一群
一群由液态铁水铸成的骏马！

像从未诞生过，像我不曾真的注视过

这火焰的食物，火焰的草料
使思想回到它发动机似的内脏
我要把矿石里所有火热的青春爆发出来
我要让这混沌世界服从火焰的舌头

奔腾或倒毙，是马蹄击打大地所追索的答案
是我趁夜色从车间牵出一匹灼烫马匹经历过的路程
当它在炉膛里长啸，当一首诗以泡沫
读大地上的马群，和正在燃烧的炼铁厂
夜已远逝，黎明比夜更美好也更绚丽！

叙　述

在炼钢厂，你讲述得越逼真
就越发使人不敢相信
那些从转炉中走出的人，也走出了真实的梦境
有人期待在睡梦中被叫醒
有人在出钢时刻表现出的惊慌让我感到害怕
我确信，我不可能从我的黑夜走向你的黎明
抑或你从你的高山回归我的流水
我们是被那炼钢厂锻造并拯救的一代吗？

在漫长的等待中，炼钢厂从来没有
这样美丽又这样危险！
阳光，在车间大门的铜把手上
留下了金色唇印……

在钢铁厂，我只想做一根针

钢铁厂无疑是这世上最强大的事物
它存在且合理，并在噼噼啪啪的马蹄践踏下
使十月的枯叶静静燃烧

给予或攫取，世界总能自液态返回固态
万物在运动中以平衡保持沉默
他们认定生活本该就是这个模样
就像晨星在一棵老槐树顶端闪闪发光
我一辈子站在那儿，使肉体不再疼痛

使古老河流一样的血脉得以缓解
"我不会认输的，即使我突然变老了……"
"我是铁的代言者，我试着把那压迫从心底剔除！"
仿佛恐龙遗骨埋在亿年页岩下

我在光芒中成长，在铁的舌尖
承受滋养。我不想成为铁水灌溉的田亩
只想成为一根针，沿着漆黑又绚烂的道路
驰向悬挂太阳之帆的大海
贫穷而幸福的大海，神圣而恐怖的美……

沿着烟囱上升的人

沿着钢铁厂的大烟囱上升的人
身体正被一寸寸虚幻

惊呼是多余的

他是另一股袅袅婷婷的烟
灵魂，将早于滚滚白色到达

而下面，钢铁厂仍在轰鸣
低吼，像被激怒的野兽
一个人向往天堂，纵情于飘浮
铁的血液将渐渐流失

此时幸好有大地，托起尘世的轻
他能否有巨大的勇气面对太阳
熔炉，和一切正在消失的事物

把自己重新认清，像铁认识到火
才能不至于完全被烟吞没！

晨光中升起的炼钢厂

火车驶进大海，激起白色波浪
鹰藏起伤口，退缩到蛋壳年代
下夜班的工人从星群啸叫的山口
踅回灯火担忧的家的阴影里……
他们是两个世界哺育出的
是土地与岩石教导出的混合体
像铁一样，他们一生几乎不说话
以漫长的等待对抗衰老
以坚实的胸腔回应沉寂

风再也寻找不到母亲，忧伤再也不能
像烟囱上乳白色的袅袅，还魂般升起

模仿一种起源，一个言辞
我以我所有笨拙而无助的方式

当杨树的根须探索到地下那黑暗之国
有人从睡梦中晨起，在荒地上一边撒尿
一边喃喃自语，"我对这晨光中的炼钢厂
没有任何祈求，我为时代炼出了钢铁
而钢铁和我将独自生活，给大地
保留住权利和自尊！"

赞　美

用什么来赞美炼钢厂呢
用新劈开的石头，用透过泪珠看见
月亮的脸，用你弯曲的脖颈
——那来自怀孕母亲的语言弧度

用什么来赞美炼钢厂呢
用婴儿的响亮啼哭，用松树油脂
用乳房之碗和八月玉米的璎珞胡须
用鸟儿飞过池塘时留在涟漪上的颤影

用什么赞美炼钢厂呢
用窒息，我第一次看见恋人裸体的窒息
用坟墓，深陷于情人嘴唇砌就的潮湿墓穴
用舌头，我的爱犬嗅我脚趾时柔软的触觉
用思想，滑过大地的云彩投下的阴影

用神话里升起的一张庄严的面孔！

炼钢厂是一头苍老的狮子

炼钢厂是一头苍老的狮子

静卧于北方莽莽苍苍的群山中

晚霞是它的垂鬃，岩石是它的骨骼

它仅有的威严仍悬挂在柳树和电线杆上

当回忆像泉水自黑暗中涌现

它以百病之躯的烈火胴体和凛冽燃烧的山冈一起

向呼啸而过的时代凝望

带电的舌头忌讳谈论往昔，谈论河水

傲然的头颅低垂，使它成为一个人

一个少年热烈的奔跑——那易朽之物

一辆飞驰而去的车子，以及深夜里莫名的孤独

如今它是人们埋在门槛的头骨

是矿区人割舍不掉的国土

瞧，这头牙齿零落的老狮子！当你远远

注视它时，哦……它真老，老得像你的曾祖

但今晨轧出钢，则崭新瓦亮！

总　结

我和黑沉沉的钢铁工厂一起生活了许多年

它像一座海拔八千米之上的雄伟大城

始终压迫着我也教诲着我，让我不敢轻举妄动

它通身散发着凛然不可侵犯之光

并使城中一切的人与事不得不屈从

那钢铁的热度，那大机器运转的律令

是齿轮之间精密合作的队伍，是世界的面孔！

有一次我独自来到城外，爬上那座著名的
状如马鞍的山凹处，回首眺望，远方
整个钢铁工厂静静横亘在眼前，仿佛巨石
无数烟囱虚幻地指向穹空。烟在书写
灰蓝汹涌的城市在向它匍匐，宛如海水
而小青蛇似的火车自厂区爬出，人如蚁蝼在忙碌
太阳正挂在一幢直插云天的尖塔上摇摇欲坠
我感到窒息、眩目，并颤抖着倚紧树干
仿佛一失手，就会因那大城的压迫滚下山谷
……多少年就这样逝去了，多少年
我在这里苟活，小心翼翼，生怕出错
钢铁工厂像个无所不能的教父，统领着我们
使我无限臣服于铁的光焰，钢的法庭
使我成为默默劳动的一员，也逐渐
变成另一种铁，将黑夜慢慢吸吮！

（原载于《民族文学》2021 年第 2 期）

云端之上

娜　夜（满族）

火苗最旺的地方

我可以分辨三只鸟的叫声
一只在黎明叫醒我
窗前雨雾缭绕
梭磨河日夜流淌

一只让我抬头看见
云朵飘出的寺院
在天空停留了很久
在云端之上的阿来书屋
停留了很久

它仿佛从上一个世纪飞来
在罗吾楞寺
不丹小王子站立的地方
沉思默想
我和巴桑这样翻译它的缄默：
请相信吧
每个生命都有量子纠缠的另一个自己

斯古拉

斯古拉落雪了吗？
落了
小小的沙棘果就熟了
孩子们唱：让马儿闪闪发光的树……

跳下云朵
努力返回故乡的长尾鸟
在童年的溪水中看见自己了吗？
看见
它就老了

斯古拉
每一个生灵都有来世
每一条溪水都来自前生

当我们靠近
用胳膊遮住笑容的吉姆奶奶
她的四颗门牙都补上了吗？
补上
草原的笑容就露出来了

寂静啊
斯古拉
你有没有来世变成一块云朵或一座雪峰的愿望？
有
你的眼泪就下来了

溶　洞

无中生有的恍惚之美——

如果你正在读《站在人这边》
就会在潮湿的石壁上看见一张诗人的脸

那是一只飞出了时间的鹰　羽翼饱满
那是天天向下的钟乳

还是上帝的冷汗：冰川融化　生物链断裂
石壁的断层　似树木的年轮

所有的神话都摆脱了肉身的重量
一个奇幻的溶洞需要多少次水滴石穿的洗礼？

一个诗人意味着接受各种悲观主义的训练
包括为黑板上的朽木恍惚出美学的黑木耳

如果你指认了某个美好时代的象征
你会默念与之相配的名字　看见思想的灿烂星空

当然要为溶洞里稀少的蕨类植物恍惚出坚韧的意志
为消息树恍惚出一只喜鹊

为一匹瘦马　一架风车恍惚出堂吉诃德
已经很久没有舍不得把一本书读完的那种愉悦了

那是绝壁之上的虚空
某种爱

头发已灰白

心中静默的风啊　什么才是它的影子

白帝城

夜观星象

直到把黎明融入其中

一个普遍失眠的时代

有人数羊

有人默诵《出师表》

有人反复拆解着夔字的笔画

有人在天花板上临摹：万重山

观星亭

古钟高悬

飞檐上端坐着几缕清风

几个古人

看落花

听无声

安眠药里

我梦见自己

解开发辫

策马扬鞭

为把一纸赦书传给李白

叫醒了莫高窟壁画上的飞天：快　快

清明记事

我亲吻着手中的电话：我在浇花
你爸爸下棋去了
西北高原上
八十岁的母亲声音清亮而喜悦
披肩柔软

我亲吻 1971 年的全家福
一个家族的半个世纪……我亲吻
墙上的挂钟：
父母健康
姐妹安好

亲吻使温暖更暖
使明亮更亮
我亲吻了内心的残雪　冰碴儿
使孩子和老人脱去笨重棉衣的暖风

向着西北的高天厚土
深鞠一躬

栽种玫瑰的人

一望无际的玫瑰
胳膊上密集的划痕　渗出血

墨镜才是他的眼睛
玫瑰的芬芳是黑色的——做梦吧：

用你们的脸蛋　财富　麦克风里的光荣
天空用它明亮的星星

古印度童话中：凡呈献玫瑰者
便有权恳请自己想要获得的一切

多么久远的事……我献出的吻
只是一个玩笑

仅此而已

继续做梦吧：你是我的全世界……
种玫瑰的人用玫瑰煮熟了他的玉米棒

和洗脚水……他接受了衰老
玫瑰让他老有所依　头疼医头　脚疼医脚

什么是爱情？

他是一个栽种玫瑰的人
是卡车将玫瑰运往世界时的滚滚红尘

（原载于《民族文学》2021 年第 3 期）

西部诗抄

晓　雪（白族）

三江源

神州大地的命脉
在你这里孕育
"亚洲六国之水"
从你这里发源
莽莽昆仑横空出世
唐古拉山雄伟庄严
巴颜喀拉山巍峨壮丽
可可西里逶迤绵延
千座高峰，万道冰川，无数湖泊
孔雀河，姊妹湖，星宿海
皑皑雪野，茵茵草原
你博大、宽广的胸怀里
无穷无尽的水源
汇成黄河、长江、澜沧江
向东、向南，曲曲折折
越过千山万岭、苍茫大地
直奔向浩瀚无边的大海

百兽在你的森林草原和谐共处
百鸟在动人的"花儿"声中自由盘旋
百花在你的胸脯上争奇斗艳

神话从你这里传向五洲四海
万紫千红的春天
硕果累累的秋季
从中华大地到老挝、缅甸、柬埔寨
谁不想起你的"群果扎西"
——这"吉祥的水源"
啊，青海，青海
三条大江都来自你的怀抱
你是地球上独一无二的
神奇神圣神秘的伟大高原

金江石

山、水、云、树
花、鸟、人、兽
日、月、晨、昏
春、夏、秋、冬
万景万象万物
都融入这些石头

一百块石头上
有一百种不同的图画
又像又不像
奇妙无比、如诗如梦
全是金沙江水千万年
冲洗打磨，精心绘就

请问古今中外
哪一位画家

有这般万古磨炼
出神入化的功夫

在冰山雪海之间

一片洁白
一个银亮亮的水晶世界
四方是一道道
晶莹璀璨的耀眼光芒
八面来风
都那么清新、凉爽、畅快
我几乎睁不开眼睛
心中却一阵狂喜
我来到了多年向往的
多少次梦中见到的雪域
也许，也许
这才是我的故乡
我的灵魂的归宿
我的生命的起源

走进华山

巨灵仙掌劈开大山
让黄河东奔入海
太上老君犁开山道
让人们登上云台

"伸手攀天"的巅峰

有永不干涸的清泉
万丈深渊的谷底
有随风飘动的云彩

翻越过"千尺幢"的危崖
世上再没有闯不过的雄关
攀登过日月崖的天梯
人间再没有越不过的天险

拔地而起的雄风如擎天柱
直插九霄的巨崖如倚天剑
幽深的石洞，宁静的道观
在悬崖绝壁上苍松翠柏间

走进华山，看陡峭奇险
听飞瀑流泉，林中天籁
我仿佛走进了神奇、神秘而又
神圣的仙宫九阙，童话世界

（原载于《民族文学》2021 年第 4 期）

灵魂的讯息

韩金月（撒拉族）

光 芒

光从正午的镜子中，碎了一块

朝我轻盈而通透地飘落下来

找寻一方隐匿的角落

我发烫的头颅，被浓郁的草叶覆盖

像随风流浪的水草

在光的水域里摇摆

光在我身体的壳里摇晃

日色渐渐倾落，灵魂飞旋起来

我的肌肤被孤独灼烧

分明感到，一些忧郁的影子

带着黑的重量，沙粒的质感

落于我的身上

一些孤独和光阴亲吻我的肉体

一些水坑和伤口陷落

一切忧伤的影子与灵魂

一同陷落

母 亲

晚间和母亲坐在椅间

她如同一座坍塌的雕塑

泛着年迈的困意

母亲手上的戒指是绿宝石的

但头上的绿盖头却变成了黑色

时间不经意间就把几十个年头

从母亲青春的脸庞挪至别处

那只戒指满怀生机，是一只青鸟

栖于一根苍老的枝干

而母亲身体的年轮

正不断地从心底荡漾开来

卸 妆

这一天足够辛苦，她拉上夜的窗帘

开始卸妆。卸去脂粉的白、唇上的春

和唇齿间未曾开出的花朵，卸去远山眉黛

和眼神的湖水之上弥漫的云雾

堆在脸上的戒备、伤痕与寂寞

也都卸去，用月光也好、星辰之溪

或者村里最古老的井水

统统卸去，只留下姑娘尚未被诞生时的

素朴

这一生足够疲惫，她又开始郑重地

卸去生命的妆容。卸去女儿、妻子、母亲的身份

同时卸去自己的儿女、母亲，卸去父亲、丈夫

卸去身上不止息的河流，卸去年轻时的爱情

卸去故乡的童年和炕烟缭绕的记忆

卸去人间无数个自己

最后，当她在暮色里凝望时间时
将时间从她的眼里
卸去

灵魂的讯息

一些人将长长的话，打断
写在纸上，称之为诗

一些人将灵魂的震颤，折断
刻在水上，一些流动的诗句浮现

而我在一日之内，被生活折叠
一个正在流逝的母亲、女儿
或者某人的妻

当白昼消失殆尽，我毗邻黑夜
如同身临深渊
灵魂方铺展自己
向我送来一切隐匿的真切讯息

天长地久

山色绯红，浓雾漫过江河
在傍晚，做一个牧羊人
放逐体内成群的牛羊、浮云
以及滚烫的孤独

撒向天空的谷粒，鸟群散落于
一根隐匿春天的树干、陈旧屋檐
或是凝望的眼眸

在微茫的世间，我们与疼痛相拥
如久逢的知己，如是
一些寂寞的词语便沉入了
生活天长地久的井

霜　降

站在岸边，沐浴傍晚的秋风
身后密林的孤独，黄金的光芒
落到背上，像童年的日色披在肩上
我仿若是从树上飘落的唯一一片
生锈的落叶，锈迹斑斑的语言
从我的体内脱落
薄雾如同夜晚的桂冠，缭绕在我
年老村庄的上空
一些面容姣好的女子在秋天出嫁，如落叶至水
随流水向远而逝
而在穹顶深处，星火轻燃
我看到无数银质的光粒悄然坠落于
人间所有的街市和河岸
黎明时分，昨夜跋山涉水而来的清霜
在白昼的眉间，落雪

百花园

在七月的夏夜，我们置身于
空旷的屋子中央，如同身处百花园中
俯身，玫瑰听取神的旨意
在起身时绽放

雷声低鸣，近乎低过我们的沉默
雨水是天空腹中的婴孩，珍珠与银针
一切珍贵的事物，都在被酝酿的永恒内部
落下的雨和鼓声
连同破裂的花瓣落入我们的怀中
落入我们长久的渴
落入我们张开的手掌里生长的经文
落入我们长年干涸的眼眸

晨曦中，离开
每个人颤抖的身影上
印有夏夜忏悔和憧憬的泪痕

黄金的谷粒

那位老人，站在
踏着陈旧的木阶梯爬上的高处
依身暮色，说出的祷辞
如今，于瓦缝间生长
成为青草、霜和露水
鸟雀与鸽群常来此处，饮水
而我的灵魂

常于草叶间寻觅，消散的经文
拾取从云间掉落的
黄金的谷粒

扫 帚

经过满园春色的荒院，花开烂漫
物件垂垂老矣
墙角那几只扫帚如残兵败将
在一场杏花雨、梨花雪中挥手
向岁月投降
物总如是，人总如非
旧时新娘在拂晓时分握着扫帚
如手持烛火的古人，挥臂
一寸一寸地扫出未来日子的光明
那些缀满山坡去摘草叶
在烈日下编织扫帚的女人们
如今也失去了曾握于手心的木头
三两把扫帚，树枝做的或者田间荒草做的
成为了荒院真正的主人
坐拥春秋

清 洁

编织一把意念的扫帚
在晨钟暮鼓时分
一起一落，从心灵的大地中挥过
心中繁杂事物如同荒草疯长

欲念、疼痛，伤痕或诸多身份

一一挥别，向左边扫出满腔愤怨

向右倾泻怀中春色和河流

将枯萎的往事和执念

一件一件请出心之庭院

摆放于云雾之间，两不相见

两不相欠

然后灵魂从肉身退出

借着天边新月的镜子

独自照看一颗素色清透的心

细数天意

新　娘

站在那个角落，身披霓裳

你未曾想过二十多年后你将立于某餐厅

某房间的某角落，将自己嫁为人妇

但是此刻，你的背影被时间最浓艳的色泽

一层一层晕染，像一只被时间的手在岁月的烧炉里

烘烤的陶器，一寸一寸，烧制出

一个女子最动人的姿态

我知道多年后，你身上艳丽的光泽会日渐黯淡

正如一棵在早春灿然绽放的树

在暮春时节缓缓熄灭灯盏

或者在未来，你将体内的几尾鱼放生

竹影似的身影便不断弯下去

背负的包裹则日渐充盈

待岁月向远而逝，你的陶罐里

盛满悲苦抓寂以及消散的鱼群

肉身空荡荡

唯有一枝灵魂的花斜插于你身体的

瓶中

小　满

有一些时辰不能完满，要留些空隙

给未曾说出口的话语

给即将诞生的光阴

我们无法听到一片云与风的摩擦

正如我们无法听到麦芒的沉默或叹息

学会辨认一株麦穗，学会寻觅掩映于田野间的

溪水，昆虫与重叠的足印

学会在傍晚时分，打开一颗粮食

收集内部陨落的白昼和沉淀的月色

学习一滴雨水如何按住体内

潮湿的呐喊

使其生长为青翠的魂灵

夏　虫

夏夜飞虫隐匿于墨色中

我们寻觅的萤火始终在前方跳跃

而后又隐没在密林之间

浓阴如深渊

我们无法从一片漆黑之中

打捞出更深厚的夜色

但星光依旧破碎

跌落失意人的胸膛和谷底

还有一些清脆的鸟鸣、泉水和碎石

喧嚣被更多的声响掩埋

万物生长的骨骼

在这个秘密的夜晚，震颤出更多的回响

枝叶四下里疯长

捅破了幕布里的星光

我学习一只昆虫在凉风中放下

白日里飞翔的欲望

灵魂依附细长的白月光

藤蔓般拔节生长

（原载于《民族文学》2021 年第 4 期）

湘西手记

雄　黄（侗族）

桥下倒影

每次走过雪峰山黎明桥，就忍不住默读
桥头那副对联，忍不住低头送送脚下的流水。
忍不住潜入水中，反复打捞自己
那几两浑浊而散乱的命。

荷花摇曳，那是拜清风所赐。
我的脸孔深藏在叶面的花香下，
与那些红锦鲤相依。
静候莲蓬成熟，剥开几颗莲子，
为掌纹刻画的命运讨签。

那对流落人间的黑天鹅，
痴情对望，依然没去拨弄人世的是非。
脖颈黝黑高洁，弯入尘世的水中，
先与自己的倒影击掌，后合掌而鸣，
构成人间，一颗真心向往的模样。

山中一日

自从被雪峰山的阳雀叫醒，

耳朵再也不是原来那双了。
学会甄别术的它，只接纳晶莹
如珠的语言，滚动在宽大的荷叶上。

山居前的枣树，吸引来访者留步。
又甜又红的小灯笼，挂在风中，
高度适中，让羡慕者的目光伸手可及。

请别再往深山走，那里的色彩太浓烈，
会把你的脸面，以及好奇心染绿。
听见橐橐的响声了吗？
那是林中仙请啄木鸟代言。

清风吹拂，一遍遍圈阅群山，
梳理过的心情，每一页都是透明的。
我还在仰头盼望，等月亮出山——
因为我知道，只有经过月光漂洗的
寄放在星空云舍的心，才是完整的。

星空云舍

当投身雪峰山，
将自己托付给星空云舍时，
你就享有山中仙人，古老的法术——

星星是你的，伸手可摘，
安在你的眼眶，替换下火把，
照亮所有众生，回家的脚步。
收集白云，装进你的枕头，

里面还有无数颗粒状的鸟鸣可入梦。

月亮也是你的。
你替下吴刚，砍伐桫椤树。
飞溅的木屑，弥漫幽兰之香，
你想漂洗哪一方的乡愁，就请——
自行偏转身子。

旺溪瀑布

如果要将雪峰山的水介绍给你，
单单是跌落高崖，挂在旺溪额头的那些玉飞镖，
就足以让你铭记：什么是去意已决。

一条玻璃栈道带你飞。
脚尖轻点竹梢，直抵旺溪大峡谷。
山谷以空灵，野花以娇艳，溪流以清澈，
迎接你。

终于在这里，你的心开始降温，
尝试减速：
水珠子撩拨，慢慢浇透过往，澄清肉身。

南方葡萄沟的甜蜜

甜蜜的隐衷。吐着绿信子，
伏身怀化中方县，流淌的郁葱，
满坡满岭。一旦汇入生活的沟谷，

藤蔓与阔叶，铺排的繁花
转身即为饱满的小悬念。

这些带刺的爬行类，
乘人不备，各攒足心劲，打通任督二脉，
把糖分，逼入狭小的锦囊。

良辰吉时，让月色进来化妆：
给当年你的花烛，补上一层薄薄的白霜。
待修道成精，也会如树一般，起身行走。

感叹和赞美，开门见山
即是起心动念。达到一定的高度，
允许你双手反背，仰头，张嘴
即可品鉴，人世间流质的美好。

去拜会那株百年老藤吧！
藤身缠绕的红布条，像经幡，
频频接受风的唱喏，虔诚顶礼。

——感谢菩萨，每年不忘提着小小的紫净瓶，
酝酿蜜汁，浇灌你我，漫山遍野的悲喜。

废墟，或遗址

"所谓废墟，就是浪潮淹没了一切，繁华落尽，高墙扑地
楼台宫阙已成断壁残垣。此地最有名的废墟，是因为旧石器
填补了湖南省空白。青铜剑戈矛，命中为战争出土奴役。

四山纹镜、麻布纹罐、滑石圆璧，让古人的日常生活，

与今人产生勾连：惊讶'潕水文化'光彩夺目的名字，

和古城内的伏波宫马援将军的伟绩。

另外，'废墟'是一种很残酷很呛心的说法，

远不如'遗址'来得平顺和文雅。

但是，仍堂而皇之进入北大考古系的教材"

当潘主任以导游身份，用蹩脚的普通话说道

"脚下的这条青石板道，就是废墟的脊梁骨"时

我全身发冷，脚不知怎么迈动

跑马场还在，曾有两个足球场那么大

但不是用于赌马。这多少是一个安慰

承担使命的骏马，跑向下一个驿站前

需活动筋骨。临风驰骋，青草和故园被抛在身后

渡 口

挥舞时光的利斧

坎坎伐木兮。弹墨线，取曲直，造橹桨

最恰当的河岸，肯定在预计中

跳上一条黄狗。一个长须艄公

喷出的旱烟，面善而浓烈。欸乃声木已成舟

随波逐流，或总在岸的一边

徘徊不定，是船和过客的禁忌

须直视前方，给流水拦腰一击

过渡者有上有下。有的折身进了潘家大院

有的选择离开，有的去了又回
你像水蜘蛛，在捣衣声中，四处奔忙
只有两岸的倒影逍遥快活，一直没有走开
那些南来北往的方言，在熙攘中穿帮

村头那古庙，香火依旧
上上下下的喧哗，彻头彻尾的奔忙。到此打止
木鱼吐出的"啵啵啵"之音，抬高了吃水线
月明风清
我在两岸之间，往复悠荡

（原载于《民族文学》2021 年第 8 期）

多少春光恍若彩虹桥

顾　伟（锡伯族）

春风吹拂原野

盐碱从一棵榆树的梦里解冻
曙光在前，遗弃的钻探痕迹
褪去星辰的碎影
多年前第一眼里就已锈蚀，脱落
回归源头成了惯性

坐标暗自抽芽
一字岭陡峭，游云温润三月
金翅雀甩腔清新
轻声呼唤，伏在瓦砾间
蜥蜴还没有醒过神的灵魂

扎根荒芜的剪影
独自逆光
和大戈壁的苍茫，共同淡泊
微曦中，北面浮现一座新型石化厂
冰川不知疲倦地将天山举过头顶
由朝南的最高处，再次
光芒闪耀，就要迎风扑来

尽头或者源头

仿照虚无，那株榆树诞生于虚无
于无声处，抓住闪烁的一点儿灵性

相逢春秋，思想的高低在演练加减
这一点儿光，没有放弃筛选隐形的梦

数千里戈壁，谁的种子飞翔
来自没有尽头的地方
把时光修正成一道春光

马蹄踏响最后一个冬牧场
催促万物枯荣
一张张脸风尘仆仆
牛羊清澈的眼里有先祖的悲欣与矫健
牧歌不时回荡，悠远地怀想
没有跑过时间的倒春寒

大雪光临的频率越来越少了
花瓣争相占据比道路更朴素的旷野
绿叶铺天盖地
由下而上的波涛淹没向远的山脊

榆树原本有一个美好的梦
梦里有绿荫百里，蝴蝶双飞——
如果年轮不停止，孤寂就不会消散
就耐心等候
耐心站成一根傲骨的源头

故乡的云

愧疚这个称谓次数多了
就只好频繁念叨
以一座山命名的地方：独山子

无数次目送云，游过故乡
再回头亲近斑斓中虫草的散漫
出入工厂加工原油的炼化工人
倾心二十四节气
井然有序的各种变化
以及难以把握的背斜
无时无刻萌动的新构造
反复挤压、提升精神内核

春天循环往复
和风细雨交替编织彩虹桥
园林工人又要开始新一轮修整
昆虫始终保留着野性的肆意

炼油化工流程被数据包裹着
工艺、设备名称复杂、深邃
仍不停朝精细的意象引申
如同普世的彩云
在石油工匠手中日夜感悟
"一根筋"的慎终如初
从第一滴雨水降落
洪流般达到极限，最终被湖海认可

一方水土养育一方人，人们积攒气魄

候鸟一样迁徙

随身携带定位仪，家国情怀

或在他乡勘察、物探，倥偬岁月……

有一些困扰、多少希望

或在钻井塔顶张开双臂

如同共振的翅膀

极目远眺，沙漠边缘燃烧的霞光

漂泊途中的信使

是否，从故乡方向抵达的乡愁

绒　花

春歌才响起

你的思绪就相遇绒花

几许沉重，轻若隔年的飞絮

是谁的面具，融进和声部分

增添了几分虚拟，一回芳华

然后脱离枝头

伴随七和弦般不稳定的旋律

飘离，潜入雷电的磁场

行云流水，人们脚步短促

感受到的慷慨与均匀

于上方

为谁缔结一段未竟的姻缘

立 春

就这样从雪花中开始
巨大的困意检阅着克拉玛依上空
从难眠的月光里起身
扶着暗，踱进另一个夜

心中没有鬼，而风声反复敲击窗棂
中毒不浅的情感承受着雪的私访
寒冷只会使疲惫进一步麻木
麻木中的疲倦如同空白之页
他乡的困顿在神经低处，低沉

恍惚记起
街角一扇烤馕房的门突然被热浪推开
走出一个打馕师傅
浑身散发小麦的气味

祥和收容了沉重

满街风光都是柳絮纷飞
飘过他乡的街景。一边回想彩虹桥
一边透过似有似无的镜片看景
看悲欢离合散落于尘世的心底
被路人乙存放在储物间
被路人甲遗忘于衣帽柜
他们神色一致，泰然自若
仿佛苦涩封存了宁静，祥和收容了沉重

戏台上，风花雪月意犹未了
曲终人散，台下的几人从沉湎的梦中惊醒

隐去的细枝末节
抑或是一剂安慰晚冬的药方

春日·光芒

试图找到点燃夜色一角的火柴
点亮这根火柴，借用微弱的火苗
褪去多年前，残缺的影子
让夜箴言一般，闪烁一丝光影
让夜行者低头时，能够看清
脚底的每一次坎坷与崎岖
我不想依靠回忆，去联想细枝末节
微观世界里，也留不住粗枝大叶

今夜的月光，小心翼翼照亮你手中的枯蒿
这根通往春天的火柴，可能在漫长的冬季
受过伤寒，体察到了白毛风的强劲
与我有着相似经历。渴望坦途的火柴杆
和右手的大拇指与食指连接在一起
划过擦火皮，动作不迅速。用力过猛
是担心弱小的光，又一次被黑夜回拢
之后，十指、手掌快速蜷缩成一个圈
让火光先照亮手掌的纹理
期待爱情线能点燃你手中的蒿草

如果需要停顿，就燃烧成温暖你我的篝火

静静敲开夜的缺口，平复曾经出走的思绪

如果需要继续走夜路，就请燃起火把

让光抵近朝霞漫天，好与夜玫瑰别离

今天，试图寻找到点燃夜色的火柴

如果在擦拭过程中不慎被风吹灭

将毫不犹豫取消预演，从头再来一次、两次

直到你手中的草熊熊燃烧为止

（原载于《民族文学》2021 年第 8 期）

西里往事

郑　刚（藏族）

元朔放歌

窗棂的牛头被庄严描绘，
大地的记忆开始激活。
一座寨房九扇窗，
一群壮硕的牦牛奔走高原。
九只孔雀饮水的金色山川，
响起，一支古老的歌。
阿科里牧场炊烟为序曲，
绰斯甲河开始舒缓的回响。
二嘎里用大地的名字，
向英雄礼赞。
日旁梁子啊，
先人们青春勃发的狂想！
沉思的撒瓦，
笃定前行的方向。
梨花惹人醉，
咯南嘎命名天堂的辞藻，
在一片花海中徜徉。
索乌，甲索，祁侵⋯⋯
乾隆圣旨都无法讲述的故事。
大金川官寨青稞地滋养的锅庄，
在雍中拉顶的广场上回荡。

千碉卡撒，卡撒千碉，

乘着牛皮船，

披着火红的然巴[1]，

在马奈女王的宫殿收漂。

千年一碉，一碉千年。

九头牦牛在八十一个窗口张望。

牦牛的碉楼直插云霄，

盛世凯歌，金川激昂。

撒尔足圣湖的记忆

高原的鸟雀，

赞美着太阳的升起。

星星早已走远，

湛蓝的天空，

鹰隼驾风而行，

影子落下的地方，

两株雪莲，三根虫草，

正使劲往春天的方向生长。

绽放雪被下，

古老土地的记忆。

生命在虫与草间等待滋养。

衣袂飘然的姑娘，

在江河源头徘徊。

崇尚古风的水鸟，

吟遍了《诗经》里最美的句子。

1　"然巴"，藏族女性常用的披肩。

一片烟雨梨花，

一湾碧溪，

独游千年细鳞的鱼，

从线装的《旧唐书》而来，

讲述月亮淬火的陈年往事。

吮吸眼角晶莹的盐粒，

向岩石深处寻找爱情宣言。

五彩斑斓的高原，

打马而过，

乱云飞渡，

一条路指向远方。

雪峰间多情的海子，

记录世人三生的轮回。

一顶黑色的帐篷，

我与前世比邻而居。

咯尔黄土碉遗址前凌风而歌

开放时间的闸门，

鲜花和故事奔涌而来。

金色的阳光翻阅皮筋穿连的竹简。

正襟危坐的小篆们饮罢三碗哂酒，

以简为台，连臂踏舞。

雪山走出的牧人唱起古老的歌。

检索一种古老的仪式，

祭献牺牲之后，

大礼高颂乾隆御批的祭文。

时间以想象为序，

鲜花随时开放，

纤巧绣娘堆绣的然巴，

披在女王肩头，

皮船横渡的祁侵河，

九十九个转弯处的碉楼，

支撑着传说中的江湖。

细鳞的鱼儿游过千年的江雪，

在梨花翻飞的港湾，

细数过往的云帆。

月光滤过的酒晶莹剔透，

三杯两盏后，

女人们将群星揽入怀抱，

梦醒后万树花开。

冬日里想起两个季节

霜花正在凝结，

冰凌准备行走。

一股寒气源自季节深处，

掰去棒子的秸秆被塑形，

坚挺僵硬没有表情，

集体与风对抗。

梨树们独自饮酒，

顷刻间一片绯红，

大地已醉。

无月的夜，

只有星星忧伤的脚步，

在雪山谨慎徘徊。

故事总是被遗忘和覆盖。

一场雪撞向大地。

蚂蚁开始冬眠。

耗尽给养，吞噬记忆。

雪被下的种子，

诗人般思绪万千。

一片阳光与季节背离，

茶盅里的往事，

在升腾的香雾中靠近。

想为飞翔的鸟儿们拍照画像，

细数它们漂亮的羽毛。

放生的牛咀嚼着时光，

味蕾被麻痹，

就着一丝独行的风，

吞下安定灵魂的碗子。

梦已封存，

缄护它的印章，

一直默不作声。

记住这个冬天

冰凌在河湾拥挤，

摩擦的声音像骨裂。

一场风用很短的时间穿过河谷，

像一支奔袭的军队，

紧张，匆忙，义无反顾。

风的足迹是优美的弧线，

歌声呼之欲出，

琴键渴望跳跃。

一束阳光唤醒，

一群沉睡的鱼群，

远年时光开始游弋，

冰面光洁而干净。

故事总有金石的韵味，

记忆被雕刻，

一段爱情陷落。

一方鸡血印，一条河，

甚至整个冬天。

都在纠结几行，

素笺上的表白。

围巾上的雪花，

用牛郎星和织女星，

洒下的金光刺绣。

一树花在千针万线中盛开。

记忆被慢慢展开，

除了冰雪，

我们朝拜春天。

西里往事

在双脚远未涉足的地域之外，

一座城堡与一潭碧湖对峙，

它们之上天空浩荡。

彻夜闪烁的星光里，

有多年前走失的记忆。

也有那次雪崩之后，
一直忧伤的雪莲。

城堡努力在水面研究自己，
尽管瘦骨嶙峋，
希望破窗而入的月光，
还有穿堂而过的风，
能讲述纷繁的西里往事。

一场战争的传说，
被一头犀牛深深铭记。
每次枫叶渲染群山的时候，
碧湖深处就会响起神兽的低泣。
没有比这更忧伤和沉重的东西了！

顺着时间和季节，
碧湖在一次从地心发出的阵痛之后
把故事和盘托出。
大鹏金翅鸟奋飞的姿势，
定格为一座山。
犀牛从此走出了时间之外，
一夜狂涛，
历史的细节被一一指认。
多年后记忆崩塌，
城堡废墟之上，
祥云丛中犀牛悠然漫步。
一条小溪，
温婉地缠绕城堡。
隆冬时节，
它也把故事讲得春暖花开。

点亮蜡烛

蜡烛，被我遗忘的名词。
在幽暗的抽屉里，
啜饮着黑暗。
洁白身躯，
诉说着对光明的渴望。
在没有电灯之前，
想象的空间包括：
高原、峡谷、月光……
还有雪山之巅的雪莲。

鸡鸣第一遍到黎明来临前，
我需要光明和温暖。
火柴，
一头撞向黑色的磷墙，
亲爱的蜡烛承接光明，
并以我需要阅读的名义，
持续地在案桌前，
与黑暗和寒冷较量。
一群汉字，
在烛光中得到温暖。

曙光来临，
一场盛大的黎明登台。
窗帘之外，
旷野之上的天空，
重新解读蜡烛在抽屉里的渴望。
此后的休眠会很长，
黑暗躺在烛芯中。

一场交战刚刚开始，
所有渴望、绚烂的目标，
都将作为我对你的怀想。
一束光的温暖，
能让书卷里的文字兴奋不已，
并以推窗远望为标志，
火开始跳跃，星星消失。

我想留住那一刻

风列队走过，
松林开始躁动。
摇落阳光金币般叮咚作响，
灰色的菌子，
香獐般奔走在草原。

画眉总是有些妖艳，
三两声鸣叫，
让一潭碧湖开始梦想。
菖蒲舞剑，
白云次第入潭，
波心的水鸟梦想孵化星星。

一百年等你六次，
都准时赴约。
碧潭盛不下今夜的月光，
美酒洒了一地。
松林最终还是醉了，

松涛阵阵，

一直忘情地唱到天明。

索乌山主峰

这是大地的边缘，

孤独被冰冻，

寂寞被熔炼。

语言与文字被嵌在厚厚的岩层里。

一个冰川纪之后，

树木和花草绽放成，

甲骨上文字的模样。

一群黑白相间的熊，

印在雪地里的足迹，

和巫觋刻在甲骨上的字一样拙朴。

吹一口气，

摸出幽夜里七颗星星投下的剑，

舞一段早已失传的剑法。

剑谱落在稷下学宫敞厅的案几上。

闪电雪飞花开潮落之后，

砍一根唇角银白的胡须，

雕凿一支精美的竖笛，

让风吹它千年，

每一个洞孔里，

都流出大地脉管的声音。

音乐响起，

迎着风，我们站在大地边缘。

秋风中的银杏

离开故土前就攒足了思念的泪水，
枝叶和根须的深处有了一眼清泉，
能照见前世今生流浪的足迹。
根须伸向大地，
枝叶攀向天空，
搜寻远去的记忆。

一枚金黄的树叶，
演绎一段飘零的故事，
谨慎地行走，
与风哼一曲念歌，
让夕阳的金晖拍下挥手的姿势，
等月光填满大地的坑洼，
划桨泛舟回到故乡。

多年没有结过一粒子实，
故乡更加坚实可靠。
叶子变换着色彩，
扇子一样轻抚着时光，
满树的叶子，
满树的旗帜，
彪炳着思乡的执着，
风从天边来，
那眼清泉就是万花筒，
叶子们在追寻梦想的脚步。

（原载于《民族文学》2021 年第 9 期）

河西日记

阿顿·华多太（藏族）

雄关大地上

初到嘉峪关的那一天

天气阴沉，偶有一滴雨

打在眼镜上，暗示我从一滴水

去瞭望这座城市的深处

远处的文殊山，虽然身披一身黄沙

我敢保证它身后灰蒙蒙的天

一定挨着祁连山白色的纱裙，和裙摆的绿

这些散落城市的湖泊

都是他们——雪山和草原

远嫁而来的新娘

她的绿的红的紫的嫁衣

晾在古老的讨赖河两岸

在那时候，一把土壤的仁慈

使一棵苗木立起身子

沙子提醒沙子，不再相互拥挤

水的高贵身世，用上善之心

叫戈壁与荒野网开一面

让一座城市藤花一样生长

绿色的风，吹动着所有行走的街道

迪斯科音乐开始响起

在雄关广场一角，我遇见一位男子

手执一支巨大的毛笔

用喷泉里的水写下一首古诗

他看着一行字逐个被空气带走

又有一行字随之落地开花

离他不远处的那一双巨型烟囱

像一台望远镜，眺望着苍茫的天空

嘉峪关印象

历史像吹过岩石的阵风

吹动黑白不同的棋子

你来我往，在时间的棋盘里

祁连山和黑山之间的旷野上

我看见徒步西行的玄奘

在天边的那烂陀寺下翻开 一页梵文

我看见携侄东行的萨班

在凉州向吐蕃诸部加急发出一封公开信

我还看见西行的张骞和班超

与浩荡东行的粟特商队

我看见马重英和尚东赞问鼎长安的铁蹄

还看见今天，在城墙内外

士兵一样攒动在城壕里的游人

还看见一块带有"玉"字的青砖

把我挡在了历史的竞技场之外

舞动的石头
——嘉峪关风雨雕

只要是这里的石头

自小被这里的水抚养过

听这里的风讲过故事

一定会直立行走

挣脱那该死的万有引力

轻松地离开地面

石头的仙女怀抱石头的琴

缓缓地向天空飞去

石头的居里夫人

让石头的来客站在跟前

石头的阿凡提骑着石头的毛驴

石头的驼队缓慢爬过沙丘

石头的河流和树在秋风里飘荡

而我，一位木讷的服务生

服侍着石头的一桌大餐

眼看着石头的女人打哈欠、伸懒腰

石头的汉子醉爬不起

一只奔跑的老虎
——张掖丹霞口

一只老虎在河西走廊奔跑

可能是一只剑齿虎

它用前爪在山腰挠出不少土帘子

獠牙在两边擦出火的花边

在它粗壮有力的四肢上

还粘结着侏罗纪的红泥巴

挂在胡须上的第三纪的露水

正滴落在这片土地上

这是二十一世纪二十年代

一株野草在微风中摇摆

我看到一束光在它前面疯狂逃命

它的身体里有一块棱镜

它的身体上生长着麦子、青稞和薰衣草

那些水平的倾斜的大地

都是它在不同光年返照的身影

它奔跑着，并娴熟地利用着

它的急刹车和直角拐弯

它的平衡性里有始祖鸟的影子

游人即使在它甩动的尾巴

移动的腰背，伸缩的胯部都感觉不到一丝摇晃

它甚至在地上打滚的时候

我都没有感觉到天地被颠倒

它在这里戏耍数十万年

最后就在我眼前，一口吞下那一束光

把一身的斑斓斜挂在四周的山坡上

迦叶如来寺

现在的人，都称它为大佛寺

大佛侧躺于高台之上

双目微闭，头枕右掌，面朝南方

并排合拢的十个脚指头

有力地顶着朝东的方向

导游的手电灯光像她的语言一样

闪烁在不着边际的幽暗里

殿堂内弥漫着九百年前的空气

史书里刀光剑影的党项人

眼下都成为安静的艺人

在幽静角落施展着自己的才艺

在殿堂左右两侧的廊道里

我经过三百年后的大明王朝

和五百年后的大清帝国

与二十一世纪迎头相撞

那些塑像，用仅存的肢体

微笑着，向人们讲述着慈悲和宽容

那些侥幸留存的金书贝叶经

摆在玻璃框里，极其微弱的灯光之下

泛着历史本该属于它的光辉

（原载于《民族文学》2021 年第 10 期）

侗乡帖

吴群芝（侗族）

天井侗寨

当雾岚退到山顶时
傩戏仍在锣鼓声中推向四方
"咚咚推"余音撑开细雨的部分
岁月流逝岁月

我在前朝背影里仰望
时间落在石板路上的空响
石墙与年轮合二为一，开出青苔、绿草

一种暗语来自一面墙上
泗水河桨声欸乃
白帆带走木楼瓦檐上的静
枕过礁滩雪松，音符归于掌心绿色
深藏肺叶，弥漫古村天井
谁放下木桶刮到一簇花瓣和月光

山歌打钟，火塘煮沸的谷穗物语
还俗为一碗黑油茶、合拢宴、转转酒
鼓楼、回廊消失的面孔越来越模糊
记忆里飘飞的少年，他们已经下山

归期无岸，空旷的天空
石头与石头垂目趺坐，槐花飘落的路上
老人打着蒲扇出门，细小的影子在古村结印

茶马古道

不等他们了
那些忘记回程相忘江湖的人
——商贾，儒家，剑客，侠士

我去十里长廊看看
马蹄声远的背影里
是否有你
马夫，战士，将军
一样消失茶马古道的人

遥远是古道的碎骨
一场又一场雨
走在风中
铜锁打不开驼铃
草鞋，斗笠，长衫，马蹄都成过往

光阴跳过时间瘦马
已学会隐身
虫子提着马灯另辟蹊径
记忆荒芜呀
风，渐渐吹淡脚印

化石为证

阳光在朴实的松林里
反复照耀四亿年前大海纹路和微生物

海洋之水一去不返
鱼贝龟藻以及虾蟹珊瑚
化石为证：繁华可以永恒
不可摩抚它们，鲜活的生命会在指间
骤然游动

这海拔八百余米的尖山
每一次风里都带有飞鱼的哭声
捡松果的女孩告诉我
她竹篮里的松果其实是贝壳
这些起伏跌宕的松林
就是做梦的海水

一首诗

你到诗中来
雨水刚刚洗过鸟鸣
洗过苍耳的发丝和荷塘听雨

琴键弹奏二十四弦
纸鸢花落在金黄的音节上
一个季节就这样过去了

你说那朵云是水做的

天空飘来飘去的灯盏
是柿子树掉光叶子的果实

长竹竿也有够不着的地方
你说到这里的时候
乡音立在檐下
杏仁果跳下火车抵达藩篱
我身体里的小村庄在一句诗里
微有凉意

过红军桥

三月，清明就要来了
写不出的诗在桥上
在统溪河起落的回音里

河水激流倒悬
当年的船只、木筏、烽火
从另一条河流抵达远岸

走在桥上我要求自己放轻脚步
规劝流水调成静音，这里
有长途跋涉的红军需要安静

我知道
"风声管不住马啸
管不住汽车轰隆的鸣声

"那我以鱼的身份请求水

以安静的身份请求风
以石头的身份请求石头"
屏蔽这些声音

南天门，悬念与爱情一样美好

夕阳拉开山门
我的脚步漫长
九百九十九级天梯

这里离天空最近
离云朵最近
离落在肩上的鸟鸣最近

从天空到天空
从云朵到云朵
我确定，九十度的坡度
风在风中扇动自己

穿岩山，一座纸上陡坡
悬念与爱情一样美好
苗家阿妹出嫁
瑶王寨地主小姐爱上长工

我的爱也在穿岩山上
一个喜欢唱歌挑花
不刷手机的花瑶姑娘

我们在《茶经》里与陆羽品茗

去情人谷演绎小情小爱

夜宿千里古寨

隐于山顶后山深处的千里古寨
是一次远行的人间意外
是大山与古树、修竹的灵魂交融

樱桃花落进夜色的秘密
是一盏盏灯笼推开夜色摇曳屋瓦
我旅居古寨
在楼上对饮低雾、竹影、林涛
绿色的山风啦啦敲打窗户

打开门没有雨
我走出房间
是否会遇到传说中的狐仙
从左向右而行，在夜的婆娑里
我看见月光，坐在溪边洗脚

侗寨的夜

榕树松开发髻
风吹不吹
都柳江都保持白天的姿态

夜鸟把翅膀还原成多音部
抬高古榕的夜空，歌声清冽辽阔

从一个银锁穿过另一个银锁

祖传的银饰从来不锈

鼓楼，吊脚，月堂——

中蛊的虫子总是枕歌而眠

我在这旅居的侗寨睡去又醒来

旅途的劳顿被歌声反复淘洗

——轻快，舒适

侗笛一声声吹开黎明

鼓楼钟声又要响了

歌声进入我的身体又跑了出去

侗家姑娘

水车碾磨时光

提水煮茶的姑娘已经长大

银饰摇曳多少脆响

坪坦河会返回水声

我在芦笙里静等

秋天移走的季节

有你的木楼垂下藤蔓

一朵花欲开未开

我想吹一声木叶，或一声口哨

敬酒歌适合唱给流年

黑油茶一碗又一碗

你手抱琵琶的样子

云烟挽起轻纱

一只蝶飞过睫毛

姑娘，不要忧郁

春天提起裙裾已到门口

（原载于《民族文学》2021 年第 10 期）

去往良渚途中

马 季（回族）

时光卷尺

夕阳穿过巍峨的贺兰山

将一把时光卷尺

披挂在西夏王陵金色的胸膛

一寸一寸丈量着

一个民族的高度

一种文明的宽度与厚度

时光卷尺，同样落在

走近王陵的每一个人身上

相隔千年，它仍然能测算

一颗心，与靠近的

另一颗心，之间的距离

两个月亮的夜晚

沉静的湖面

划过游弋的鱼

这是夏季夜晚

古老的对话

如孩子顾盼低语

羞怯而神秘

也像初升的月光

瞥过岸边

弱不禁风的幼树枝干

时间赤手空拳

在回流中与水搏斗

你赤裸的双足

和月亮之间，相隔

策马扬鞭的距离

月桂树随着夜色

发出诱人的果味香气

你的身体

与青草呢喃

变成了另一个月亮

草木的底蕴

一个人在异乡行走

哪怕居无定所，四处漂流

只要他亲近草木

安心于寂静中摊开所珍惜的事物

就会拥有对世界质朴的触角

万物的嘉奖毫无缘由

招之不来，挥之不去

仿佛一条伸向河流的幽静小道

在碧蓝中，溢出时间的光泽与诗意

"世界上最珍贵的东西都是免费的"

草木的底蕴，简单而真切

它是倦意带来的意外之物

接近衰老的温暖，岁月边界
以及，无法抹去的一丝光亮

异质之美

我在田埂上猜想收成
与得失无关
我在池塘边怀念故人
与悲喜无关
我把它们想象成静物
唯有如此，才感受到时间的重量

余生犹如暮色中的篝火
映照在面部一侧，我幻想
偶遇，异质之美
在悬崖峭壁上栽种鲜花
让明快的色彩
于高处盛开

声誉与自由无须调色
庸常中隐含着亦真亦幻
当我从凉风中归来
重回朝露，切身体会清澈之意
安魂之所，就在归途之中
不期而遇的地方

去往良渚途中

去往良渚途中

可以计算一下
这一生走了多少路
磨坏几个行囊，哪些事情
符合情理，却不落俗套

去往良渚途中
手指不停敲击膝盖
仿佛远征前打响鼓点
又如祭祀仪式上的叩拜
声音遥远而清晰

去往良渚途中
心里长出一片草木
用来擦亮一双
穿越轻风鸟语
仰望星辰的眼睛

去往良渚途中
身体渐渐变得轻盈
插上了双翅
但还没有准备好
往哪里飞翔

隐藏的歌声

你的歌声升上天空
骏马放缓了奔跑速度
它跃过山冈，比你忧伤
比马头琴声更早一步

踏进草原的滚滚洪流

像一团风中盛开的篝火

——将自己，悬挂在半空

当作献给黎明的桂冠

谁在天亮时为你掩上了面孔

歌声，在大地上流浪

一个骑手裸足飞奔

追赶绕道而走的风暴

在与造物的角力中

不用发出任何声音

所有，和爱相关的事情

都习惯将其隐藏在心中

自然界

人们愿意相信，有一个宏大事实

可以庇护渺小的个体

自然界的雷电风雨

像苦口良药，抹平大地的伤痛

当一枚果子老了，活成剪纸

这个事实仍然是猜不透的谜语

靠着手势和耳语代代相传

沉　醉

风天生就会分叉

环抱星光的臂弯，遮人耳目

总有人寄身于吹奏之中
拥有冰的亮度，铅的沉重
将自己的命运投入时间的空洞
包括久远的，炉火旁的絮语

两个水手在草地上下棋
每个棋子里盛满一杯烈酒
他们身后的海洋如梦初醒
吹灭蜡烛
燃起渔火
也许这是余生最好的选择

小夜曲和弦

灰色斜坡，滚动着石子
回头。清冷，但不恐惧

孩子缠着妈妈，追问她
银币和糖果，哪个暖和

秋风。灯笼。流水的铃铛
石榴穿上灰衣，牙齿晶亮

这个夜晚，等不来，唯有
一匹解开缰绳的马。骑士

在做完游戏之后，暂时
忘掉，等待他们的旅程

晨歌练习曲

聚拢荷叶上的水珠
让它们像少女一样舞蹈

锄开果园里的泥土
让它们发出黄金的哨音

擦亮阁楼上的天窗
让野草在屋顶随风而生

一辆绿皮火车拉响汽笛
向它穿过的麦浪致敬

从远处走来的那个人
戴着你梦中挥舞的帽子

（原载于《民族文学》2021 年第 11 期）

阳光下的麦盖提

狄力木拉提·泰来提（维吾尔族）

叶尔羌河东岸

或许时空
就是流淌的水
朝深处流去
我看到天与地的缝隙里
一条清冷的河
拉开东与西的界线
流向一片原始的荒野
仿佛北非的遥远

蜿蜒北上的叶尔羌河
无声无息的波纹
排列成水的文字
记录荒芜

我站在夕阳的位置
遥望古老村落从晨曦里走来
缓步走向他们的极乐
让古老的歌声在两岸生长
东岸的胡杨
仿佛一支穿越大漠的驼队
饮马叶河

头顶黑色皮帽的樵夫

拥挤在周日的巴扎

一群游走的菌类

在丛林密布的荒野

无根生长

无品的二弦古琴

空灵的琴声敲打天空

歌者席地而坐

含糊的歌词在口腔里流浪

足下的土质在齿间钙化

一层厚厚的硫黄

成为他们二次咀嚼的草料

东岸的辽阔

涌向于田的史书

汹涌的沙丘

成为斯文·赫定的向导

蔑儿乞部落的营帐里

炉火渐渐熄灭

镰刀取代了弯刀

五颜六色的孩子

糖分在他们脸上开裂

游牧就此歇脚

苍天无界，大地无边

把围裙赠给女人

男人采花不亦乐乎

居无定所的心

在空旷的原野上飘泊
狂野的舞蹈
试图摆脱自身的苦涩

季风是两岸最出色的画师
它用河水泼墨
大漠生宣
丛林，随笔锋驰骋
南飞的大雁给写意题词
西部的天空
留下一枚落日的红印

阳光下的麦盖提

舞动的阳光从天际洒落
枝繁叶茂的胡杨
在叶尔羌河畔的风中逆行
木质的古琴，琴声空灵
天赋异禀的旋律
给舞者量身打造
适于穿越时空的造型
横渡岁月的宽阔

长笛的音孔
让流浪的音节找到归宿
那一片片金黄的叶
在阳光里绽放
被涛声敲响的手鼓
给律动的生命镌刻足印

丝绸的涟漪

在袼袢的条纹上波动

那整齐划一的舞步

仿佛拍岸的海浪

塔克拉玛干掀起的风暴

给冲浪者足够的高度

齐鲁的鼓声也在风中作响

看那粗粝的率性

在原野上驰骋

条条相通的血脉

给男儿塑形

华彩乐章的最后版本

在这无际的大漠上演

那不是壁画里褪色的灵魂

古丝路上的驼队

驼铃，还在风中传唱

歌者的咽喉在颤抖

辅音诠释古老

另类的呼麦

被调成和煦的光影

灿烂是笑容的底色

还有那唱不尽的幸福

隔空的回眸

望穿岁月红尘

眺望明日朝阳似火

自信的舞步踏出坚实的土地

我们一同前进

绚丽的阳光普照大地

布依鲁克的晚霞

落日选择了这片天空
在依山傍水的远方
择机缓缓沉落
彩云勤于助燃
让布依鲁克西部的天
宛如猎人燃起的篝火

秋季的远山更显清晰
在落日的余晖下楚楚动人
那一团燃烧的野火
星星点点，落入人间
让炊烟薄如轻纱
看远处列队的白杨
遥望彼此的存在

在晌午的阳光下
泽普的那片胡杨也曾那么燃烧
湖泽与天空上下呼应
产生于天界的蓝
被夕阳烧红
一天里，朝夕有别
一年中，春秋各异
时光流逝
那一抹殷红的晚霞
讲述着布依鲁克的往事

金色胡杨

当季节的脚步行经这里
作为礼赞
胡杨披上一身金黄
在流向大漠的水系两旁
列队接受水的检阅
历史风干在它们身上

年复一年的守望
从诞生的那一刻起
注定与风为伴
与沙为舞
岁月在它们的躯干上流浪
春天里
它们与绿色缠绵
在大漠南岸，安营扎寨
装点荒芜的心境
遥望那片古老丛林
那坚毅的身影
仿佛拓荒者逆风前行
续写岁月的碑文

大漠秋日的天空
蓝色
显然是深思熟虑的构思
片片白云飘得更高、更远
一阵风吹过
丛林发出仰天大笑
千百年来

这笑声从未断过

无论四季

它们总在水中的倒影里梳妆

听它们最新讲述

这片大漠原野

也曾经历百年洗礼

诉不尽那惊天动地的故事

奋战者已然扎根

让人间改了天，换了地

迁徙的鸟儿在此写生作画

轻歌曼舞

给这幅金秋写意，题词作序

鹰翅下的家园

把丰碑作为哨壁

一只骄傲的鹰

用翅膀撼动天上的白云

它们已经习惯

在自己的腿骨里长啸

把最美的声音

留在山谷

当人间之美堪比画卷

它们选择落户小镇

让布依鲁克有了腾飞的姿态

塔吉克人的花帽上

野花开得层层叠叠

让蝴蝶迷失了家园

荷塘里

鱼儿撑着绿伞

清澈的水

总在自己的波纹里荡漾

盛开的格桑花

仰望周边

雕梁画栋的民宅

墙上的花纹

还长成了自己的模样

去年还曾在此筑巢的鸟儿

怀疑自己飞错了地方

这是人间，还是天堂

鹰飞得高，看得远

它知道这还是那片家园

神州大地变成花的海洋

人间沧桑，百年巨变

鹰翅下的家园

就是这般美丽风光

（原载于《民族文学》2021 年第 12 期）

山中日月

超玉李（彝族）

故乡的呼唤

来京数日。十里堡没有金黄的稻谷
长安街没有鸡鸣狗吠
农展馆路没有高山流水和云雾
鲁院里遇不到抬着锄头的农民
只有王府井的车流人流
通往天安门和故宫的地铁，挤得荒诞

故乡催我回去了，看云南的山水
和白云，以及庭院里的苹果
已经红了，母亲来电说
五台坡的水扁梨熟了，待摘一篮

我爱双柏

我爱这四千多平方米的茫茫哀牢大山
我爱这老黑山南麓下的妥甸小城
人们的慢生活
查姆湖安静的节奏，正是我内心的归处
西南角，鹅毛关埋葬的
大明王朝将军李和穆，从南京走来

六百年前，和我一样
两行清泪，把异乡的白竹春茶
饮成了故乡的热酒

喜　欢

喜欢深秋，故在九月出生
喜欢花朵，故乳名叫小九芳

喜欢彝族，故在楚雄出生
喜欢山，故在高峰山下出生
喜欢水，故在石者河畔出生
喜欢村庄，故在老李湾村出生

喜欢查姆湖，故在那里
娶妻生子，白发苍苍

山中听鸟

大清早进山，不是看日出
漫山遍野的野花
青葱树木上的苔藓
草间的露珠或溪流

只为听几声，鸟鸣
在有暗枪的林子
你，依然保留着真音

在人间，发于心的
鸟鸣。已经难能可贵

清水河

对水质过分要求的鱼
往往会灭种

清水河中这种小花鳅
是我一生的独爱
不喜浊水
在滚滚洪流中
保持自己洁净的灵魂
用生命，誓死捍卫灵魂

虽然已消失于很多河流
那些鱼饵和鱼钩众多的河流
但消失，不代表灵魂死亡
而恰好是，最后的灵魂救赎

我愿做一尾鱼，确切地说
是一尾小花鳅。一生游弋于
清澈无比的人间清水河

夜宿大力石村

葛根茶喝了，满脸悠闲
葛根面吃了，满头大汗

葛根粉下腹了，肠子畅快
大力石酒也喝了，顺手还抓了一把
正在甑子里的
冒着热气的高粱，下酒
半醉间，围着熊熊篝火
跳彝族乌卡舞，踢醉步
次日醒来，被褥在侧
睡在一张光床板上
竟治好了我腰间的隐疾
感谢上帝，我不再失眠了
世间所有的痛，都在昨夜死去

所有的静，都藏在山中

每次回乡，都要进高峰山
看日出，观落日
背着篮子，采药，采野菜
听鸟鸣，看松，看花草
所有的静，都隐藏在山里
远离人间，世俗爱恨
我的衣胞之山，每次都虔诚
向她学习沉默、安静
每次都让内心更干净
灵魂更有光，心地更透明

山中神仙

常去哀牢山中，看那些白云和草木

原始森林中的重楼和野生菌

以及百姓。一股新鲜牛粪味儿
扑鼻而来，也不觉得有异味儿
反以闻到草香，而喜

粘人草粘满衣裤，也不烦恼
白色的蒲公英飘落眉间
反倒扮演起白眉大侠
倒钩刺剐破衣裤，反倒喜欢
当这丐帮山主，穿着破衣烂裳

我愿做一个山中神仙，笑口常开

花脸节

有人在戏中
扮演红脸，黑脸，黄脸

有人在人世
扮演金脸，银脸，蓝脸
甚至小白脸，不要脸

想做幸福的人。就去普者黑
让带福的彝人，为你驱邪
抹几把黑灰，露出双眼
黑黝黝地。扮个花脸
沾点祥光，喜气一身

灵魂片

我愿是僰人。胸腔内
无法盛放仇怨嗔痴
我要做一个内心干净的人
从生到死，澄澈如水

从我脸上取下的灵魂片
安放于悬崖间的魂
每年荷盛之时
都用一瓣一瓣的花朵
净骨净魂
清洗灵魂的根谱

每一根白骨，每一片灵魂片
都净如白纸，预示我
灵魂的白，在人间的清白

（原载于《民族文学》2022 年第 1 期）

一阵风正在追赶一群孩子

吴真谋（仫佬族）

狐狸叫

那一年，农历三月十四日，庚子春
清明节的前一天，夜里
姐姐总是睡不着，她反复地听见
山上，有狐狸叫

那一年冬天，大雪飘飘，饥饿的
时光，总是盘旋在村庄的上空
红薯吃完了，芋头吃完了，荞麦吃完了
母亲上山再也没有回来

从此以后，许多年
姐姐喜欢坐在明亮的院子里
望着山脚下一座圆形的小矮屋
听山上的狐狸，叫了又叫

偶尔，下雨天，雨滴摁进坚硬的泥土
无数个夜晚重叠在一起
窗外，再也听不见狐狸的叫声了
瘦弱的姐姐，顿时泪流满面

一阵风正在追赶一群孩子

我的微笑没有点燃起足够的春季吗？
泉水流过岩石，岩石穿起
一层厚厚的绿衣。时间的缝隙里
鸟叮过的果子，伤口上
隐隐作痛。千疮百孔的
身体里，藏着一座姹紫嫣红的春天
我从远方流浪归来
在一个名叫大梧的村庄里
被一片青色的叶子拦住去路
一阵风吹来
我的十指在慢慢变绿
我的骨头正在松软
我的长发在悄悄地发芽
我眼睛里的群山在渐渐离开地面
天空下，痛快淋漓地飞翔
我在血液中加铁
在肠胃里挤满湿漉漉的语言
在额头上开凿一条条小路
在皮肤上拔出一根一根烦恼的青草
阳光如蛇，爬满小巷，如火如荼
在叶子清晰的脉络里，我看见了
一阵风正在追赶一群孩子

纳翁红

雨平山上的一棵红枫，喝醉了酒
在秋天的一个黄昏，摇摇晃晃走下山来

红了河流，红了村庄

纳翁，那些被汗水洗过的脸
一天又一天，被夕阳染红
现在又被一枚枚枫叶渐渐染红

秋天的火焰，一片又一片，在十一月
洞穿季节之后，载歌载舞
红遍大地

一棵红枫，遍地风流
它的清纯，它的缠绵，它的热烈
红了纳翁火辣辣的日子

大地红了，旷野红了，天空红了
纳翁，神仙居住的地方
故乡红了，我的心也红了

如 果

如果，我有一双手臂
能够救出一个在洪水中挣扎的灵魂
或者在狂风暴雨中被卷走的一只小动物
那么，红尘中，我将有片刻的宁静

如果，我有一双手臂
能够在洪水之中，寻找到一朵漂泊的小花
她是祖国的花朵，脸色苍白，小小的身体
像一株疲惫的艾草，奄奄一息

我将用尽全力，让她重新走上温暖的枝头
轻轻擦去她脸上每一颗伤心的泪滴

如果，我有一双手臂
能够举起一座城市，我一定
把它高高举过我的头顶，让洪水
一步一步，从我的腋下慢慢走向遥远

一个女人

她只是故乡遥远的山脚下漏收的
一棵玉米，或高粱
一根弯弯曲曲爬上树梢的枯藤
一只逆流而上艰难飞过红水河的青鸟
一块慢慢爬上山顶的伤痕累累的石头
山风一日一日吹痛她的伤口
汗珠里滚过成熟的太阳
滚过凄风苦雨疙疙瘩瘩的日子
还滚过一些或明或暗的旧时光
还有一声声饥饿的鸟鸣

这个满脸雀斑的女人
这个矮墩墩黑黝黝像一截木炭的女人
这个有两颗虫蛀的门牙却依然笑得很灿烂的女人
胸脯把外衣顶开的女人
清水里泡过三次
血水里煎过三次
滚水里煮过三次
黄昏到来之前，收拾好自己一天的影子

她的一生，像一件古老的旧衣服，上下沉浮

她拼命地打捞，把自己一截一截拧干

这个一辈子没有歇息的女人

这个辛苦了一辈子还在劳动的女人

这个早晨在田野里把阳光追赶得叮叮当当响的女人

这个夜晚坐在院子里把星星一颗一颗钉在天幕上的女人

这个摇一柄蒲扇能把月亮从东山慢慢摇到西山的女人

要开学了，与我离别的时候

想好的话，一句也说不出来

眼睛里，全部是满满的泪水

这个衣袖里藏着闪电的女人

这个胸膛里常常响着雷鸣的女人

这个宽大的额头上可以跑马帮的女人

这个小小的肚子里可以撑船的女人

春天到了，她厚厚的嘴唇里

一个一个新鲜的词语呼啸而出

她喜欢把一句生活的咒语摁进青涩的花蕾

喜欢摊开双手让一条弯弯曲曲的河流从手掌上轻轻流过

喜欢把或咸或淡的语言种进干净的泥土

喜欢把一棵青草当成自己的前世今生

喜欢抓一把蛙鸣塞进窄窄的喉咙中

然后弯腰，再吐出来

把它当作是深夜的咳嗽声

一双大板脚从村庄风风火火地走来

穿过潮湿的小巷，一路呼唤我的乳名

更多的时候

我喜欢她有牛一般的力气

一担红薯能挑到五里之外的高岭镇

一袋一百五十斤的玉米一口气背到碾米房

一包水泥夹在腋下可以轻松走上二楼

一亩三分的稻谷一兜一兜全部割完

太阳还没有落山

（原载于《民族文学》2022 年第 1 期）

黄河谣

马永珍（回族）

一

喂，朋友，你好！谁在夜半，在高空
喊我，辨不清是春风，还是黄河
晴天霹雳，一束经文的倒影，正在给河水打结
手掌上后浪催前浪，额头上新纹赶旧纹
流浪，弯刀，幽玄，王权，诺言，生锈的蹄音
这些尘世间的颠簸，孤悬天外

天宇茫茫。有两颗硕大的水珠
宛如精灵，不舍昼夜，遥望相思
谁来安慰，谁来掀起她的红盖头
谁能降服她内心的汹涌澎湃
穿大红嫁妆的月亮，夜夜空守洞房

二

你在忙什么？神秘的声音又在问
我，在银河里寻觅猛虎和安宁
为什么不把心中的猛虎，囚禁在水做的牢笼里
为什么要常常抽刀断水，任由疼痛东去
为什么喧嚣能稀释甘泉，自己酿造的酒

醉倒了江山，却醉不倒自己

波浪追赶册页。水有千娇百媚
草木有喜怒哀乐，但我的心从不熟睡
总是保持惊醒，保持和上天的联系
此岸，彼岸；也许根本就没有前世
也没有来生。只有今生这只铁鸟
披着神的旨意，扮作孤儿

三

喂，朋友，你来水滴里做什么
这是我的宫殿、庙宇、牢笼和王国
我是国王、囚徒、僧侣、英雄和百姓
以前，我爷爷住过，我父亲住过
他们都曾经来过，也住过
都是主人吗？他们不是
我也不是，任何人都只是过客

鱼群失眠了，游上岸，在纸上呼唤乳名
声声入耳，又展翅扑进双眸之中
瘦小的已经风干，椭圆形的还挂在枸杞树上
随风摇曳；六边形的，被蜜蜂带走
酿成甜蜜和真理

四

无休无止！浪花对我说：我要俘虏你

一笑倾城，再笑倾国，孤岛开始脱下
王服，和牧羊人交换肉身和信仰
走进麦田里，沙粒里，花朵里，黄土里
你看世间万象，哪一个都不是我
哪一个又都是我，你怎么找见我

有浪花飞起，迎面撞在一束光上
千万颗水滴，千万束光芒，泽被世界万物
孤单如我，也想寻觅烈火，和她同归于尽
无数个小我肯定无处躲藏，只好漫卷诗书

五

静谧。谁在咳嗽？你在说什么？
一水一穹宇，一页一山河
可以收留万里烟云，却拢不住你的韵
春秋几度，任风雨落满衣袖
喊不回日渐枯萎的灵，魂魄依旧茫茫
本来没有尘世，也没有虚空，只有我
和三千年前的我，三千年后的我
三兄弟坐在水中央，举杯邀明月
相谈甚欢。经幡听不懂，秘密中的秘密

在帐幔里，在灵魂的寂寞里，在精神的韵里
找到一条河水残留的梦境，雪花执着
弹奏天籁，想把刀锋复活

六

空山挥舞尖锐。谁在日夜奔忙
谁正在解开道道闪电，脱下层层月光
清澈通透，尘世如婴儿
也像极了我，在母亲的子宫里思索
石头长满鳞甲，已经成为传说的部分

很荣幸，作为唯一的继承人
夜也是我，昼也是我
父母亲人是我，悲欢离合都是我
不生不灭也都是我

如果没有异议，今夜黄河是属于我的
心，晶莹剔透的宣纸，包住火
尘世的铿锵啊，你只能看见水在燃烧
却看不见火在凋零

七

水从火中叛变出来。归于尘土
万事清零，草木悲喜交加
遍地的坟茔高于月光，高于生离死别
这只是叙述的奇迹和奇迹的叙述
我带着满腹星辰去流浪，巧遇浪花朵朵

标题打好领结。东南风起，西北风落
箭镞融合。大片大片的兰花花从天堂
远道而来做客，喝着羊膻味儿的烈酒

坐在我对面，黄土高原披头散发
和我面面相觑，这时，亦可泣，亦可歌

八

你来，你渴了，给你盛满一大碗笛音
能否把死亡的甜蜜一饮而尽
能否煮熟扉页上那些崇山峻岭，次第灯火
你说你是水中的船工号子，渡人的经幡
是浴火重生的仆人，我从你陡峭的根部走出
成为所有意象的仆人，我也有七情六欲

水啊，万物之母，请善待我，抱紧我
然后，纵容我，吞噬我，最后埋葬我
落日。凤凰。鸣声上下，波光粼粼
浊浪排空。你拿走了给坚韧者设置的
障碍和陡峭。绵绵细雨，每一滴都是
世界的心脏，都是跃动的善良

九

你问，家园在哪首诗里徘徊？
你说，无法解释魂魄的厚度和纯洁
一条河，一个词语，从天上来
酝酿甘甜的乳汁，哺育月光

唯有我，无处躲，也无处藏
河水漫过典籍，追着我

浪花越过鹤鸣，呼唤我

狼狈逃窜，穷尽一生。我还是
没有逃过，一条河水
在我的骨头里，始终保持冲锋的英姿

十

听不清，你在说什么？
城市里空无一人，墓地里人满为患
其实每一片水域都有自己的姓氏
翅膀温暖如初，覆盖柔软的火狱
这些天外来客，都是偈语
青春只是一条河水的支流，只负责敲响
血液里的暮鼓晨钟

黄河，你说！
一条河水是对众世界的教诲
谁能告诉我
我们的心一旦渗漏了
谁还能再给我们一条河流，川流不息

（原载于《民族文学》2022 年第 2 期）

时光隧道

尹文静（彝族）

时光隧道

多少流年韶光
多少叶落飞黄

也许是雨声的梦呓
抑或是落英的缤纷

都从这里，时光的隧道
穿越
溢彩流光
抑或铺满细致的温暖
都闪着老式钟摆散落的记忆
一如慈祥的老照片
把曾经的沧桑都淹没在温润的纹路里

那年叩问过的千山万水
瞬间偶遇的秋雨冬雪
以及从你眼中滑落的足印旧迹
都深深映衬在这
修炼千年的等待
仿佛就在这芳草路边牵手又擦肩
仿佛就在这桃花渡口离开又回来

仿佛是一座走旧了的石板桥

承载着南渡北归以及

天各一方的过往

忽然有舞蹈的冲动

这是老摄影师的廊桥遗梦

这是去之不复的千古流淌

如同途经过的摇曳时光

如同流连过的海盟山誓

都在烛光灯芯中若隐若现

都在如歌岁月中坚固夯实

时光没有隧道

隧道的时光　从心及心

一支笔沉浸在今夜的灯下

山冈的早晨从露珠上消失

小草的诺言一片废墟

一支笔在宋词汉赋里舞动

犀利的目光从远处伸来

镀亮了昨夜呓语

阳光竖起光丝折射

那些未曾谋面的时光

在冬雪里

一路踏歌而起

我从人们的视线里走失

走失在子夜的星光下

没有呼啸而出的文字

亦没有空中楼阁的掌声和鲜花

曾一度擎起的辉煌

经过一支笔的勾画已成为过往

今年燕归来早

破土而出的诺言

消亡在早春的雾气里

一支笔沉浸在今夜的灯下

为什么不是盲人的拐杖

而是一支笔

是一支笔　　如盲人的拐杖

试探着人间冷暖

为什么不是士兵手中的枪

而是一支笔

一支笔如士兵的枪

扣动扳机今夜应声倒下

一切归于沉静

午夜三轮车穿过我的忧伤

一辆三轮车缓缓驶过

穿过昏暗的灯光下的午夜

路旁的枝杈在幽怨地

自言着无序的不平

三轮车坦然地　　驶向

家的方向
车上的人优哉地　数着
时光里幸福的小日常

树杈
俯视着
这该仰视的幸福

夜已央　时日长
一切平和的哀伤
竟如此过往

风在跑，沿着铁轨

就像我的痛没有边界
白天始终朝向黑夜
还有什么比拥有更让人忧心

一路上，风在左右
不停地奔跑
我的手心向上敞开
想抓住阳光的暖，以及湖水的柔
我的手里始终没有你的手

在铁轨与车轮的摩擦下
我的心在与呼吸激情碰撞
我的耳中一直留着
你想说的好听的话

一切假定的行程
像小草一样天真
行囊始终挂在墙上
目及之处　只有风声

晨读博尔赫斯

"我在想：这几行无谓的文字，
什么样的影响不会产生？"

气流声在河岸不停地漫延
传递涵盖着昨晚冷清月光下的思维
又闪电般扯过苍穹击中要害

生活中的每一条沟壑
都生长出枝叶蔓藤的鸟翅
飞翔越过天数的丘陵

哪怕一根圆柱
也被细述得在生命的窥视中
又一声清脆的鸟鸣
清晨在博尔赫斯的生涩和洞悉中醒来

父　亲

所有历经的山川
都是父亲的脊梁
托着我在上面牧云

遍野的山茶
都是父亲灿烂而饱满的笑
春风来之前我就虔诚地

早早地从山顶请回它们
供在绿油油的松毛地上

音乐声起

那些我精心选中的
都是曾经的和未来的海平面上的
旧桨、沙砾、礁石和远远的帆船
"坐你开的车，听你听的歌"
激情总是隐藏在最本质的日常

一条河流一种音乐声起
世上那么多河流在地图上或缓或急
纵横交错，像老祖的手背布满沧桑
每一种音乐声响都让我着迷、回忆、启迪和领悟

每一次黑夜的河流都经过我的生命
把一切过往都梳理得温顺熨帖

（原载于《民族文学》2022 年第 2 期）

疾驰的时间带着风

娜仁琪琪格（蒙古族）

隐心谷之夜

落霞、黄昏
一群倦鸟回归山林，我们来到
隐心谷，落向树屋
成为秋日硕大的果子

一弯新月爬上来，挂在树梢
群星璀璨，银河倾斜
晚风轻轻漾动摇篮

在群山的褴褓，变小
被孵化，长出骨骼、软体、四肢
羽毛，雀跃又安宁的小心脏

清晨，扑棱扑棱飞出巢
迎接绚丽的朝霞与喷薄的日出
深深呼吸——

秋日，在岭南茶园

这是我第三次来到的岭南茶园

抑或是比这还多？我是说一个人的一生
不仅是这一生，往复的重叠
除了清醒的时刻
还有梦里

这是我想了多少次要写到它
还没有写到的原因，像一场雨阴郁、聚拢
它的浩荡，洪流里挟众多的事物
我曾想这是世外桃花源
可隐居、可放下
抬起头来，悠悠见到
起伏的南山

更多的人来到，一次又一次
兴致勃勃，望眼起伏的辽阔——
指点江山的人，有王者的骄傲

一个人永远要向植物学习
举头承恩天空
低头依偎黄土
秋季的茶园，不是它骄矜的时刻
而生命因来路的丰饶、沉实
坦然自若

我俯下身来，去体察素白的山茶花
它的香气就浸染了我的肺腑
我俯下身来，去抚摸花瓣细碎的
藿香蓟。她的香气就染上了我的
指尖、神经

她浅淡的紫，恬静、素朴
把自己开在草丛与蕨类植物里
把自己开在，荒了的小径
与秋日渐黄的杂草在一起
有什么能遮盖它的美？

在岭南茶园，我站在秋的门楣
感受到的，远比看到的多

疾驰的时间带着风

山峦叠着山峦，绿瀑从流
天人在云端飘然降落，于山巅散步
隐居在山里的仙人，听到我们的声音
化作了树，林间的花
动作稍稍慢点儿的，就在栈道边
静默——

这些白的、黄的、蓝的、粉的
拥在一起沉稳的红
在绿色的青草、褐色的林木间
躲不过我的眼眸

超然的美，丝丝浸入肺腑、脊骨
我如何描摹，如何表达？
疾驰的时间带着风，嘈杂、纷扰在身边
夜幕"咣当"降临

让自己静下来，静下来

在画板前站定，心河的水流舒缓、安稳
与画布悄悄对话
闪烁的身影，明澈的眼眸，灵魂的香气
漫溢而来——

云顶山庄的夜晚，一半是欢腾歌舞的篝火
一半是凝神安谧的笔触
而翌晨磅礴的日出，在群山之巅
照耀、沐浴，万物众生的同时
也照耀、福泽了
每一个来到的人

物我一体

还是要去探访更多的朋友
隐居于高山、峡谷、清泉边的
树木、野花与水中的鱼儿

我单薄的生命，行至半生
所知，依然甚少

美猴王在晨曦中弹拨了琴音
众猴应和，嘹亮的猴鸣，在山谷间
回荡——

我如何来叙述，隐心谷晨光之美？
先是绚丽的霞光铺满天空，曼陀罗花
缤纷绽放

旭日升起层峦之巅
醍醐灌顶，照亮万事万物

苍劲的、俊美的树木
清逸的花儿，我和它们站在一起
屏住呼吸——
伸开臂膀，向上伸展
彩霞化作白云悠悠，把水蓝的明镜
还给了天空

在猴王谷中穿越
——辨认，乌冈栎、甜槠、紫果槭
尾叶紫薇与修竹
苍劲的苍劲，秀美的秀美

由远而近青峰峡的水流
激越奔流，清亮彻骨
正在把我变成一棵树、一朵花
一株草、一滴水

游荡在碧潭，清水中的几尾
鱼儿，也是几枚红叶
恬静、悠悠然

秋风起

急骤的风破窗而入
灯台上的油画被掀落
我在书中抬起头来

抱紧了双肩

摇曳的树木翻转的树木
有什么一定比树叶
从绿转黄更急更快

站在朝北的窗口向潮白河边眺望
有谁躲在云朵的后面
静静地观望尘世

而在向南的窗口我看到
万条金黄的鱼儿箭镞般
跳跃出水面
向着同一个方向秩序井然地
奔涌——

我欲看个究竟
天光暗了下来　瞬间
一切消失于眼前仿佛什么也没发生过

道　别

两只白鹭出现在我的视野时
它们正在芦苇丛的上空
低飞盘旋

眼前一亮低头拿出手机
抬起头它们已不在那里
放远目光在天空搜寻

一只飞向了北方一只飞向了南方
瞬间成为两个不同方向的
白点消失

恍然想到——
它们缠绕着低飞原来是在道别
一对白鹭临别前
彼此叮嘱依依不舍

（原载于《民族文学》2022 年第 3 期）

青稞　青稞

洛迦·白玛（藏族）

如果，一颗大麦不曾去远方

古老的鸟兽和风种下最初的森林。
九十九道阳光和月光浇灌出最初的山谷。
九十九座雪山和九十九块草地孕育出最初的河流。

远方，在时间与空间的交错中
诞生。

一颗奔向远方的大麦有着自己的宿命：
被最狂的风裹挟，
被最硬的冰雹击打，
被最冷的雪引上最高的路。

死从生里开始，生在死中结束。
千万个昼夜交替。
每一次转换，都赋予万物
比上一世更悲悯与坚强的心。

一群蓝藻终将成为一片倔强挺立的胡杨林。
一只草履虫终将成为一只能听懂神谕的秃鹫。
一颗大麦终将历经跋涉，成为一粒
叫作"青稞"的种子。

在一粒叫作"青稞"的种子到来之前，
高原还是清瘦的高原，
牛羊饥饿，人们
寂寞。

给一株神话修枝剪叶

抛开供根立足的秘境：
人与动物平等相处，
情感能互通、躯壳可互换。

剪掉旁逸斜出的枝叶：
对人物容貌与身份的描述，以及
一位王子成为英雄前必须经历的磨炼。

去掉所有修饰与铺垫
一株神话有清晰明了的树干：
一条蛇占有万物，以
显示魔王的贪婪。
一个人获得珍贵的种子，凭
勇敢、坚定与智慧。
一个女人破解诅咒，用
善良和爱。
一个男人和一个女人撒下青稞的种子，在
石头一样冷硬的土地。
神奇的种子落地成熟，拯救了饥饿的人、牛、马……
美好与幸福再次归来。

每一个与盗取有关的故事，都有
一个温暖的内核。
青稞的种子与火的种子其实并没有差别。
一个叫普罗米修斯的勇士和一个叫阿初的王子
有着同样的慈悲之心。

神话里总是藏着大于人类的爱，和
高于尘世的温度。
生灵们在彼此的救赎中永生不灭。

我始终无法抵抗，
一株以爱为根的神话。
深信它，会结出满树的
烛火。

一粒种子在土里做梦

那些从低处走出的，需要
更坚韧的筋骨。比如
草，比如
比草更低的土，比如
土里深埋着的一粒种子。

万物安详。
天地孕育着高山、森林、草甸与雪线。
高山孕育着一朵雪莲的孤傲。
森林孕育着一棵冷杉的坚忍。
草甸与雪线孕育着一株塔黄倔强的守候。

一粒种子在土里做着梦：
梦见生根发芽、拔节抽穗、灌浆成熟。
梦见被一片片麦地喂养的村庄。
梦见，生生不息。

土地慷慨，拿出
酝酿一冬的暖，阻隔寒风。
雨和炽热的光随着希望一同降临。
种子的梦从春天里长出，它要
长满大地。

种子对土地有着纯粹的信任，如同
胎儿对母体。
水一般纯净的深情，是梦的缘起，
是一粒种子得以生长的胎衣。

曾被人们丢失和遗忘的爱，
即将，被一株青稞
找回。

九月：大地、天空与青稞

大地静默，小心地拾捡
一株青稞在夜里拔节的声音。
出走的秋天即将回归，
在第一根抽出的麦穗中
现身。

在此之前，一定有些伤不可避免。

天空有妙手仁心，以雨和阳光，
治愈伤痛。
一粒种子的伤口将长出根与芽，
一瓣芽的伤口将长出茎，
一根茎秆的伤口将长出无数的叶片。

九月，所有祈愿的
都将有所回应，所有美好的
都将有美好的归宿。

一株青稞把饱满的一生置于头顶。
它将还天空黄金的光，还大地
温暖的粮食，还人们
月色般的酒，与
喜悦。

总有些事必然发生

有些缘分不需以眼睛确认，凭一丝触碰
便可知晓。
在有光或没有光的地方，
万物以各自喜欢的姿势并立相拥。

一条蚯蚓必然会遇到一粒种子。
它们都能听懂，大地的
心跳和呼吸。

一只瓢虫必然会遇到一片叶子。
它们会共同呵护，那些微弱

却不曾止息的生长。

一根被鹰忽略的麦芒必然会被一滴露珠看见。
对视的瞬间，它们将发现彼此
隐匿在锋利之中，毫无二致的柔情。

雪山下的青稞与雪山下的水必然会走到一起。
叫作"羌"的酒里，就有了
故乡的味道。

漂泊的人必然会在装满酒的皮囊里安下心来。
每一口饮下的酒，都流向
深埋眼底的
海子。

我们一次次以重逢的方式初遇

大地拿出青稞粒。
天空拿出风和阳光。
火与铁拿出适合的温度。
水和石磨拿出粉碎的力量。
你，便成为你。

人们亲切地唤你"糌粑"。
一头牦牛依赖你和心怀冰雪的严冬达成和解。
一只藏獒从你之中获取忠诚与王者之气。
一个男孩通过你寻找到刚毅、宽厚与善良。
一位老人借助你把祝福与祈求传向天际。
一个女人用你哺育出整个高原。

如我知晓一般，
你一定也知晓，你曾遇见的
它们和他们都是我。

世世往复里，我们
以不同的化身一次次初遇。
一次次，以重逢的方式。

这世间的亲人，都将一次次重逢。
一次次，以初遇的
方式。

（原载于《民族文学》2022 年第 4 期）

人在高原

普驰达岭（彝族）

人在高原

人在高原　放空远山
天空的白云自由自在
有些山在长高　有些水在流远

人在高原　收割星星
月色如水漫过宁静的群山
开在夜空那朵最大的花
盘古以来就是月亮花

人在高原　饮马金江
远走他乡的羊群至今杳无音讯
雁群始终如一　在深秋
像落叶飘过高空

人在高原　瞭望远方
宁静的躯体如枯黄的叶片
悬挂在亘古的高原
只有放空的眼神
闪躲着寂寞、忧伤和荒芜

夜行短歌

风过枫林　深入浅出的行歌

在密林的舌尖上汇集

远山伸出的辽阔　渐次在空灵中开启

山顶的融雪开始倾倒下来

无数的飞鸟集结于暮色中

密谋着如何向后飞翔

火塘依旧在瓦板房中粲然

无数美好的时光

在彻夜无眠的酒杯里晃荡

山里人的心事洁白如山顶的融雪

光照着清澈见底的夜行者

踏着朦胧的月光　他们深浅的步伐

在一杯荞麦酒中找回了依靠

那些按捺不住的恐惧

在月光下不请自来

夜行的心口

宛如草尖上的露珠　一碰就碎

在火光里起身的歌谣

再一次穿过了远山

慢慢从疾行的光影中渐次脱落

梭磨河的冬天

时间的节拍在冬天里集结

弯曲的河流已在雪光中搁浅下来

沿着冬天的河流而上　无数的飞鸟

滞留在梭磨河之上

走走停停的水流动成雪域的声响

有时停靠在草地的身上

有时蹚着高耸的碉楼的倒影

梭磨河的冬天自有天地

与雪为舞　舞出流彩的雪域之韵

与山为靠　托出磅礴的藏北之躯

心尖上的句子

那些在心尖发芽的微笑　有时

像风埋伏在灵魂的高地　无影无形

那些与你擦肩而过的花朵　有时

像种子播撒在春风十里　后会有期

那些与你对坐相视的彼岸　有时

像露滋润在干枯的渴念中　希冀可现

那些与你形影不离的毛发　有时

像矛撩拨于天地的无序间　无声无息

那些不曾与你谋面的无字书　有时

像神掌控于股掌的剑客　光影无痕

而那些有序无序　有形无形

无影无踪的一切　都是

让一个诗人能够哲思的句子

它们长期居住在想象的巢穴

一旦风吹草动　总能在心中发芽

生长成诗人出窍的灵魂

根植为心尖上的句子　成就远方

远　山

风走远　山黛、晨曦、云雾
扎下了根　背影、乡愁与远山
铺天盖地　深邃得如此深刻
临风而动　诗意得如此辽远

赞美　在此刻是多余的
我们只需倾听远山的呼吸
移动　在此地是多余的
我们只需用眼抚摸云的幻影
思考　在此刻是奢侈的
我们仅需将辽远的美多留些遗词

是时光夯实远山的大气与磅礴
还是同背影一起远眺的目光
写意了人间大美的感召与诗意
是对峙的桃源还是流响的金沙江
盘活了乌蒙山的雪芒和大凉山的经诵

只是远山和骑行远山的族人
他们与山为靠与诗为伍
歌的天籁在他们的胸腔中如酒
酒的灵魂在他们的骨髓里如诗
诗酒同行的远山　永远成就
他们远行的翅膀与伟岸如山的历史足音

人在雪峰

厚实的雪横在天际

无家可归的风各自走远

腾升的气流搁浅于雪线之上

无以驻足的苍鹰高旋中

漫无边际的自由在雪峰粲然

一炷香的梵音在雪光中缭绕

一江山的石头坐成青藏高原

一峰雪的融水荡为雅鲁藏布

一世膜拜的雪芒

在持众空山的灵光中

在珠穆朗玛的视野下空灵

在雪峰　　了无牵挂的是天

空空荡荡地坐成雪的自由

在雪线　　漫无边际的游云

成为盘踞于高处的水

它们是风自舒卷是雨自混沌

在雪峰　　天空是大地的信仰

用石头坐成青藏高原的内心

在人间　　日月是众生的信仰

用光与热普度万物轮回的灵光

（原载于《民族文学》2022 年第 5 期）

诗意人生

俸伍拉且（彝族）

我的那棵树

莽莽群山中
密密森林里

我的那棵树
和我血肉相连的那棵树
和我心灵相通的那棵树

我的那棵树
护佑我的那棵树
我护佑的那棵树

我的那棵树
一年来无悲无喜的那棵树
一年来无欲无求的那棵树

我的那棵树
陪着我微笑的那棵树
我跟着忧伤的那棵树

莽莽群山中
密密森林里

我的那棵树
我们迎接新春的来临
我们期待新春的祝福

话说人生

你说你想过
早就想过
有一些话要对我说
可是每次见了我
都阴差阳错

阴差阳错
想说的话
要说的话
每次见了面
都没有说

几十年眨眼已过
回想起幸福生活
你万分感叹
你说有一些话
可不能随便说

我的朋友

我的敬爱的

追名逐利的朋友
不要把良心
交给狗吃

敬爱的朋友
把良心交给我
我让青山绿水
滋养你的良心

我的敬爱的朋友
有一天你累了倦了
或者你想死了
或者你要死了

我还给你
最初的良心
不用谢我
我的朋友

喝一碗再说

好些天没有喝
彝族酸菜汤了
嘴巴想
喉咙想
心头也想

结果就收到了
凉山捎来的酸菜

园根樱子晒成的
弥漫着阳光味道的
地道的干酸菜

我就想啊
是因为我想喝了
才有人捎来
还是因为有人捎来
我才想喝

说起来
还真有点神秘
还真有点通神
说起来

还是不说了
点火
烧水
喝一碗再说

（原载于《民族文学》2022 年第 6 期）

祁连山笔记

匡文留（满族）

戴红缨帽的赛恩佳 [1]

祁连山有个更诱人的名字：天山 [2]
是天际所有白云
全都飘落人间
还是跌宕绵亘的雪峰
腾云驾雾直上九霄
有一种纯粹的洁白与坚守
在这里已不分彼此

可是白云牵手雪峰滚滚倾泻
赋予这里如此多生灵
尾巴和尾巴捉起迷藏
耳朵和耳朵喁喁絮语
圆鼓鼓白生生的细毛羊
娇憨了疏勒河石羊河
蓝莹莹倒影

细毛羊是祁连山的孩子
细毛羊的故乡叫肃南
戴红缨帽的赛恩佳

---

1 赛恩佳，裕固族姑娘常用名字。
2 天山，匈奴称天为"祁连"，因此祁连山有天山之意。

是细毛羊部落的女酋长

绿葱葱绸袍簪满白云

鞭鞘儿马靴儿一路脆响

祁连雪峰天女散花　　红璎珞琴弦

弹响裕固族民谣

"叶尔兰安"[1]是草原的精灵

赛恩佳的歌儿

唱给哥哥索嘎勒听

看你疾驰的四个轮子

载飞祁连的风物

又载回远方祝福

红缨帽映亮了白云雪峰

雪水河呢喃涟漪

淌蜜汁的悄悄话嘤嘤嗡嗡

黑水国遗址

流沙对于终极壮士的膜拜

就是匍匐在壮士脚下

当沙漠比海洋更加无际无涯

这金色铠甲的躯体

以无坚不摧的孤独

讲述千年以远

小月氏"黑匈"的铁马金戈

年轻时的黑河

你的名字叫弱水　　你是祁连山

1　叶尔兰安，裕固语称民歌为"叶尔兰安"，是裕固族民间音乐中的主要艺术形式。

最鼓胀丰沛的乳房啊

炊烟牧笛　斧钺铁蹄

贪婪地吮吸你

汹涌流沙吞噬着你

你几生几世的爱欲与忧伤

如今捧于我掌心

残汉砖　夹砂陶片　一枚石头戒指

久久流连于一处遗址

是否寓意着

巨大孤独或疯狂寻觅

怀揣亲人与爱情的面庞

走到哪里　都有家的味道

父亲早已飘若远鹤

母亲最后的体温　依然叫我的皮肤

开满荆棘

世界很大　我却找不到

一个滴泪如歌的角落

人啊　最隐秘的无奈

就像抛弃千年的古城遗址

风紧贴沙砾和壁缝

我如大风深陷沼泽

有谁敢宣称自己

胜过残陶或锈蚀的箭镞

有时刻薄是一服良药

头枕一截遗址　眼睛

饱饮正午阳光　前生来世

开始细密灵动地诉说

我在赛罕塔拉

任海拔四千米爱上脚板
任煨桑的青烟和曼舞的"风马"
勾勒视野　掀动长发如旗
蓝少尔岗在瑶池隐现
马场滩　赛罕塔拉
枣红马　紫骝马　雪青马
骑手们扯来祁连峰雪
缠作腰带
金星星银月亮叮叮当当
马靴上腾起勇士翅膀

腾格里山神降魔
白海螺吹绿了肃南草原
我的皮酒壶盛满疏勒河雪水
为九排松的枝枝叶叶
滴上心坎的松油蜜蜡

是谁的马蹄擂响了大地
是谁的马靴镀亮了岗岚
是谁祁连峰雪般的腰带
最先呼啸成
赛罕塔拉剽悍的长风

我的耳膜有淘金的本领
从大风猎猎吮吸出你的歌声

铁穆尔的歌

就是我皮酒壶的味道

仰脖一大口

你的马蹄虎虎生威　我今夜的梦

红缨帽　绿绸袍

碎花花一路

开上你的马鞍

丹霞梨园口

是不是大地血管爆裂

如此浓艳的热血泼洒到这里

是不是祁连山最坚强的筋骨

全都壮士般屹立在这里

恍若骆驼铜铃摇响

裕固族男人的羊皮烟袋

大帐前夜巡的长戟

狂舞谁的披风

有云髻绣裙回眸一望

铁血白沙

旋起千里边塞石滚月明

最真实的是群雕栩栩如生

钢枪与榴弹刺刺冒烟

西路军战士的血肉之躯

铸就不老的祁连山

曾经的炮火硝烟

犹如穹隆深处一万双眼眸

犹如所有庄重无语的
泥土与砂粒

我已熔锻于钢打铁铸的黄昏
又融渗进升腾的漫天朝霞
巨大泪珠以醇酒的虔诚　点亮
你们回家的路

此时我的瞳仁金光熠熠
九十八头白牦牛追逐细毛羊
麦田起伏秧歌的黄绸
轻唱开镰前的喜悦
女人们银手镯奶香四溢
满登登糌粑等着你

祁连山下的裕固族新娘

上苍最初的纯洁
天使翅羽般纷纷撒落
勾勒雕塑出大美祁连山
我看见九十九片云朵
九十九朵高傲的雪莲
新娘般在云片间躲藏

谁的歌声明如锦缎
又马蹄样滚过金子似的草棵
九十九只细毛羊演出的民乐
叫裕固草原的日子
比手抓肉还要喷香

祁连峰顶的冰雪莲高哩

再高也有谁的手采摘

裕固草原的海子明澈

明澈得映出鹰的俊翅

红裙袍的安江乃雅

祁连山下的新娘

是谁镶银的腰刀

要牵你走呢

阿妈的蓝花花帐篷里

滚烫的奶茶浓郁

一口噙在红嘴嘴里

迎亲的哈达飘成了丹霞

阿妈阿妈再亲亲我

女儿的歌就是艳艳格桑

大草原上开不败呢

文殊山石窟群

是在大漠迷茫间走近塔尔寺

还是再次梦游拉卜楞

恍惚中又如登顶三危山

遥对着莫高窟金碧辉煌

其时我听见

祁连山这一条血脉

七彩格桑　少女唇般

开始舔舐冰屑

牵缰祈丰的藏族女子

花氆氇滚动亮亮浆果

冰屑灌进皮酒壶　说喝一口

祁连山就醉了

大山的背脊或胸膛

滚滚如潮似焰

窟龛就是修炼洞彻的眼

千佛洞万佛洞里

造像神态朴拙安详

伎乐天[1]悬壁飞顶　仙乐散花

北朝直至西夏的人间悲欢

现出了文字　响起了语言

壮硕的万佛塔尖顶之上

蓝穹海洋般直倾祁连雪峰

五彩经幡轻拂煨桑

藏族女子黝黑一笑

手中香柏枝

簪满我的双鬓

九十九匹祁连骏马

此起彼伏抖鬃嘶鸣

我的仰慕和喟叹

满载草原的绿叶花瓣

滔滔描画出大漠的早春

（原载于《民族文学》2022 年第 7 期）

---

1 伎乐天，佛教中的香音之神。

菜园札记

末　末（苗族）

种瓜记

其实，我是在种下一地线索，乱与不乱
试图多多益善——东方不亮西方亮
我要打探地府的消息

地府里有我从没见过的爷爷，据说大烟抽足后
常常挥舞着一管狼毫，扬言要打败王羲之
可首先败下阵来的，一直是他自己

我知道这些瓜藤上的触须
为何卷曲如指，像在抓路过的空气
——阳光和春风稍纵即逝

南瓜，冬瓜，丝瓜，黄瓜，苦瓜
我种下了一园子的探测器
也没捕捉到爷爷的蛛丝马迹

今晨我又去园子，再次顺着一根藤蔓
希望摸到爷爷的脑瓜，却摸到几滴夜露
哦，昨夜，大地又在悄悄替我哭泣

奶奶，父亲，一样的。春天已来过几十次

你们却一次没回，是否和爷爷越走越远
我在人间不得而知

种瓜，而不得瓜。今生的许多事
不外乎就这个结局，但我依然不死心
天天去瓜地，直到摸出内心的几个芥蒂

是的，我有苦水，在身体里面，结成疙瘩
解不开时，常一刀下去，嘿，破了
正如我昨天切开的那个西瓜，凉到了背脊

慈悲记

除了自己，我不懂的人和事
还有满园杂草那么多

比如，节气里的农历
比如种子的怀孕时机

还好，春风懂我
雨水也一直是正确地下

为何，总有几棵菜苗被我栽歪
而不久，泥土就扶正了它们的身子

为何，我一再错过下种的季节
泥土从没错过种子一粒

青菜长出来了，大地慈悲

我学之——

一只菜青虫带上家眷
把家安到莴笋叶，我允之

对弈记

跳棋，军棋，象棋，围棋，哈哈棋
各有各的套路。这游不够的人间
仿佛少了你冲我突，戏，就不精彩
只是我不敢再惹，是与非，曾经
不是没跟人较量过，一开始我就找死
后来又与自己为敌，差点没活过一口气

人世，已没好戏可言，不如我
摆下蔬菜的残局，等一只菜青虫来破
等一群杂草，与我对弈
草，当然不等闲。春风，吹与不吹
它们都会换一个身体
披露珠，挂星辰，闪亮上阵

我扯掉一根，草长出十根
我扯掉十根，草长出一片
我胆敢扯，草就胆敢长出来
我们之间，半斤八两，谁也不输谁
但又不把对方逼死，仿佛永远是和局
又仿佛，彼此构成了依赖和安慰

几十年后，当我如一颗废棋

被泥土收回黑匣子
草会跑到坟堆上，见缝插针
用它细长的脚趾挠我骨头
试图把我叫起来，继续对弈
唯草，把已死之人，没当死

花事记

种瓜先得花，瓜蔓有瓜蔓的逻辑
——前行的路上不能没有点赞
唉，瓜蔓也染上了时代的小疾
举着小喇叭——美是用来浪费春风的
而结果，只是顺理成章的事情

可在我看来，这恰是一个人
内心纠缠不清时，为自己
点亮的一盏灯。顺便为蝴蝶飞
打开一个华丽的借口，为蜜蜂献殷勤
提供一个芳菲的落脚点

终于厌倦了太阳雨，这个跳芭蕾的人
卸下撩人的裙子，回到人间烟火
生活，真实到了怀孕。当然
这也是瓜蔓在从长计议，为了
不被清除出局，打下的一个活结

体面记

"人不要脸，土地要！"这是父亲当年

怒斥我敷衍劳动的雷声，想起
就再也不敢怠慢手中的月亮刀

土地的脸，在土边边，在杂草
——野火烧不尽。在一把月亮刀
它生来就是众草的克星

在我三天两头，放下闹不够的人间
跟泥土厮混，跟菜青虫站在一条战线
争夺豆芽菜的领空，接受阳光的灌顶

每当给土地修完一次边幅
我会把满头的汗水抚摸一遍
顺便摸摸自己，风不调雨不顺的脸

但每次看见亲爱的青菜，在春风中得意
有时我草屑加身，又蓬头垢面
也觉得是一个体面之人

送菜记

这个借口安全，环保，接地气
有小创意，还人间烟火
但不能，说明我聪明没被聪明误
我有自己的三十六计
蒙在敲不响的鼓里

一计：不下药，不害人害己
二计：不追肥，只追心

浅浅一说，估计你已开始流口水
一想到来，杏花
便落满偏东雨

如果你当真喜欢，我亲手
种下的绿，可以把定位发给你
我不在，清风在，一只菜青虫也在
它会躲在一张菜叶背面
替我，窥视你如来如去的影子

像当初，我躲在十六岁
那扇窗玻璃后，效仿垂帘听政
当时你住我家对面，正月满西楼
当时我就想提篮蔬菜
故意敲错门，咫尺天涯偷你一眼

因为记

自家种的
想来你难以拒绝
想来
就提着卷心白来了
好久不见
空手
总觉得有点不好
但我为什么不送茄子
或者萝卜
海椒
因为地里只有卷心白

因为

记得你当姑娘时

除了卷心白

其他都不太喜欢

因为

记得

那个初夏夜

晚自习后回家

黑路上

我俩第一次偷

卷心白

你一口来我一口

生吃的噗噗声

想起

几十年前那个星下事

就提着卷心白

来了

（原载于《民族文学》2022 年第 7 期）

一名电工的生活哲学

姚　瑶（侗族）

一块愤怒的煤成了温暖的电

时间过去太久了
三亿年的寒冷
让一块待在地心深处的煤
彻底愤怒

在火电厂煤场，无数的煤
相互偎依，它们在寒风中相互取暖
当一块可燃的沉积岩通过传输带
抵达锅炉中心，尽情燃烧
作为煤，三亿年的梦已苏醒
刻骨铭心的阵痛之后
这块愤怒的煤划破漆黑的长夜
成了温暖的电

与黑色的煤近距离凝视
我必须保持虔诚，小心翼翼
这一块在黑暗处藏了三亿年的生灵
遭受重压、失水、老化、硬结
它的孤寂、寒冷、桀骜不羁
迫切期待光和温暖
来释放体内积淤太久的愤怒

当愤怒的煤成了温暖的电

我捧着它，走近人世间

一度电的光亮和温暖

让我窥见整片森林

和一块煤亿万年前的慈悲

我们谈论最多的是幸福

幸福是一个哲学命题

在班组开工前进行安全交底时

我们谈论最多的是幸福

比如我们谈论孩子的笑脸

比如我们谈论父母的期待

比如我们谈论领导的嘱托

幸福很简单，车辆安全行驶

现场工作不发生 A 类违章

没有高坠，没有触电，没有死亡

幸福是一切事故都可以预防

当你在危险时工友一句善意劝阻

幸福是下班高高兴兴回家

看见万家灯火霓虹满城

在自己精心呵护的"电"里

看一集精彩的电视剧

幸福是退休后在夕阳下散步

路过年轻时修建的变电站门口

一眼就看见了万里霞光

一名电工的生活哲学

在两千八百米的海拔高度
总有一些温暖的诗句在走动

高，距离太阳最近
距离一首温暖的诗歌最近
二十多年来，他在高山上巡检线路
在漫山遍野寻找一名电工的诗意日常
在辽阔的汉字里虚构酸甜苦辣

在山谷与山谷，导线与导线之间
在万家灯火与霓虹闪烁之间
在日复一日与年复一年之间
虚虚实实之间，青春就这么老去了
这名电工从事最简单的工种
负责维护这条十千伏输电线路
清理树障，修复拉线，更换瓷瓶
他把汗水滴成了油盐柴米，也滴成了诗
搭档换了一茬又一茬
他还窝在偏远的供电所
他用一把电工刀开启生命的意义

他是我此次采访的对象
对着镜头，电工满脸赤红
好不容易憋出几句话
他一个劲儿地傻笑，这或许
就是他朴素的生活态度
短短几句话表达了内心的真诚
所谓理想，是纸上江湖

约等于他全部的生活哲学

登塔者

烈日下，铁塔像在冒烟
登塔者在阳光下格外晃眼
握住铁塔的手掌热得钻心痛
像无数只蚂蚁在撕咬
他咬紧牙关，用袖口抹去脸上的汗
努力保持身体平衡

汗水湿透的工作服被风吹干
盐粒闪亮，纷纷坠落
我一瞬间想到
咸涩海水和白雪纷扬
两个概念不相及的词语
不约而同堵在我心里

登塔者越爬越高
在相机的取景框里
他变得越来越小，成为一个黑点
像一只蚂蚁在攀爬
高处不胜寒，风越来越大了
我担心大风把他吹跑

在辽阔的蓝天之上
登塔者顶着烈日，是一个焦点
那个午后，我与登塔者互为默契
在庞大的电力工业体系中

登塔者只是实践者之一
我只是见证者之一

山泉水

在山中巡视线路，走得久了
一草一木是亲近的
连一只飞鸟都成了最好的伙伴
遇到泉水叮咚，丝丝入扣
都能成为我的知音

有时我把瓶装矿泉水倒掉
重新装上从石壁流淌下来的泉水
带着野性的山泉水
没见过世面，略有羞涩
有点像我刚参加工作那阵子
初生牛犊不怕虎
我已向班长打包票
一个人穿过密林
一个人巡视这条一百一十千伏线路
发誓要找到故障点

我一直相信初到人世间的水
干净、纯净，带着倔强和韧性
总有一天，终将汇入大海
并发出激情澎湃的声音

自言自语

黑夜来临，华灯已初上
他就是一个发光体，充满力量
楼宇、街道、花草、树木，世间万物
一一在光影中站了出来
灯光下，古铜色的脸越来越清晰
作为电工，脸上始终写满光明

他自言自语："黎明是从黄昏开始的，
所有的黑暗都将被光照亮。"
1875 年的巴黎火车站
亮起了一盏电灯
电，这个优雅的汉字
从此写入了人间，写入他的诗里

他自言自语："大千万物，有些比白天更需要光，
更需要温暖，比如心灵。"
他在自言自语，若有所思
历史再往前追溯：1879 年 5 月 28 日
夜幕降临，旧上海公共租界
突然被一盏电灯照亮
那一年，被历史记载为中国电力元年

在无人知晓的夜晚，一名电工
携带灯盏，在自言自语中
他诗一样的语言独自完成了
一次又一次的淬炼
一次比一次决绝，一次比一次完美
他的自言自语

因含着太多的温暖而颤抖

电工，这个自带光芒的词语
一旦被人喃喃自语
便站立起来
周身披满了亮光

心　跳

深夜，万籁俱寂时
可以听到地下负二层变压器的心跳
它像潜伏丛林的豹子
刺刺的声音，强大的电流
仿佛穿过我颤抖的身体

我的心跳是一枚枚汉字的跳跃
电压由高到低，人生的落差
这需要强大的力量
做足心理准备
一把历经千锤百炼的刀
经受反复地锻造、反复地淬火
才能斩断内心的杂念

我到负二层开始例行检查
查看变压器油温，倾听它的心跳
一度长途跋涉的电
要经过多少考验，才能抵达
灵魂深处，我的心
始终怀揣一度电的温暖和光明

秋风像电流一样穿过身体

秋风像电流一样
存在于路上，别人看不见
真实的模样，只是在黄叶飘落的瞬间
秋风吹过，大地呜咽了一下

孤独的人在秋风中行走
在黄叶飘落那一瞬间
感受到闪电和雷鸣
无数汉字在人世间重逢
互相呜咽的样子
或许，这就是一首诗
你仿佛感受到了
电流酥麻麻地穿过身体

（原载于《民族文学》2022 年第 8 期）

在我的故乡

吉克木呷（彝族）

皱巴巴的老洋芋

当洋芋叶子长得
我们手掌一样肥大时
母亲用把小锄头
刨开一些泥土
捞走那个
皱巴巴的老洋芋
然后再把那群长得白生生的
像胚胎一样的小不点
留下并盖好
这时我想在我们头顶的太虚
也可能会残忍地挖走我们中间
皱巴巴的那个

一张老照片

我弟弟小妹
站前面
父母爷爷奶奶站后头
这张老照片
被我从储物柜里翻出来时

我暗自叫好

岁月这贼

没有找到它

所以里头的那些人

一个都没少

吸烟的房子

爷爷坐在火塘边

喝得差不多时

就开始一个人自言自语

奶奶坐在灶台前

不断往里加柴

火光全映在她脸上

而在他们上面

好像有什么东西

用一根烟囱

一缕缕地

从那个老房子里

吸走什么

随后大口大口地

吐向天空

羊奶果

外公在屋后种了一棵树

外公已去世多年

每年回老家

那棵树依旧茂密如初

我站于树下

伸手一触及树干

顿时蝉鸣四起

群鸟惊飞

透红的小果子们

在叶片间一一露出头来

那个争先恐后的样子

以为外公回来了

不知为什么看了我一眼

快走到老家门口时

墙拐了一下

突然遇到一群水牛

不料它们都很礼貌地

绕过了我

从我身旁擦过时

有一头还看了我一眼

那眼神

至今都让我难以释怀

不知道它为什么用那种眼神

看我

在我的故乡

在我的故乡

最多的是洋芋

多到一锄头下去
便可以喂大我的童年
最少的是猜疑
少到用一杯酒
就可以轻松化掉

在我的故乡
最胖的是秋天
胖到流了多少汗水
也减不掉一次丰收
最瘦的是炊烟
瘦到我再也不忍心
让它承载这么多思念

在我的故乡
最大的是碗
大到再怎么喝
它都不醉
最小的是夜晚
小到只装了一个咳嗽
天就亮了

籍　贯

因工作调动的原因
这几天总在填一些表
每次填写籍贯时
让我有机会
无数次地接近故乡

那小小的方框
像极了老家的门
当我写下那四个字时
它嘎吱地打开
许多人便出现在门口

指　纹

今天在派出所
看到一位彝族老妈妈
正在办二代身份证
采集指纹时
机器却怎么也读不出
看着她长满老茧的手
粗糙如树皮
我的心里一酸
想起了远在老家的母亲
我猜啊
能读出她们指纹的
也只有家里那一亩三分地了

我假装是在故乡

我假装是在故乡
把车水马龙的十字路口
假装成村口的那条河
水不深也不浅
露出水面的几块石头

连成一条斑马线

不断变化的红绿灯

假装是一闪一闪的雷电

催促着地里挖洋芋的人们

赶紧收好农具回家

一只松鼠闯了红灯

从路的另一边嗖地跑过来

吓得背洋芋的人

向后退了几步

石头墙上的喇叭花

使劲按响树林间的鸟鸣

一阵大雨下来

晒了一天的水泥路冒起烟雾

假装雨中奔跑的那几个人

是被遗漏在地里的几个洋芋

雨水冲刷后

在泥土中被一一发现

导航仪

把童年设为终点

开始导航——

过了前面的山坡

是放牛野炊的地方

往左五十米是洋芋地

再往前八百米抵达一条河

河里有蝌蚪小鱼泥鳅

有时会碰到水蛇

多像机敏的女交警

指挥你掉头从独木桥上走

然后进入第二个路口

路边的荆棘和乱石

随时提醒你不能超速

还有一杆烟的里程

就到了茂密的松林

树下有蝴蝶蚂蚱松鼠

偶尔还有山鸡

有点挤但不堵

总之不用等太久

太阳是绿灯

月亮是红灯

中间一闪一闪的是

母亲唤儿回家的喊声

（原载于《民族文学》2022 年第 9 期）

绿雏菊的星空

忆 今（回族）

紫丁香：时光

一嘟噜一嘟噜的香气正在抽离
丁香的紫色淡化了陌生感

内心的羽毛鼓动隔年的旧色
阳光穿过枝叶般
经过你气象万千的内心
郑重地闪烁
或被永久遮蔽

而我怀念的方式只有一种
俯身于今天的若干段落
感受透明的天光洒在发梢背上
代替你轻轻拍打我

我因此成为一个婴儿
蹒跚向你
哭泣时不必掩面
幸福时伏在你的肩头

绿雏菊的星空

绿雏菊吻了淡淡的晚风
我可以安心了

万物的目光洒下来
夜透明
我不需要更多色彩

这些已足够让我想起尘世
有一种绵密的美好

星辰漏下思想来
我省略了一个感叹号
幸福不必那么强烈

我是一片山坡就好了
开一坡雏菊
让天空看着我沉默也是好的

于漫山遍野间

她爱白色芍药
多于一只古旧的弦纹花瓶

从骨朵到盛开
花瓣里收藏着她越来越稀薄的芳龄
和生活的一小部分

她爱无拘无束的小野花
多于青烟缥缈的一支黛色香
和一炷香之内的怀念

她要从现在起
把各种朴素的花培在庭前
在其他时间到来时
于漫山遍野间
闻花想起今天

石佛沟：春天的口哨

能开的桃花都开了
云杉在山谷吹着浅绿色口哨
春天隐隐约约
沿盘山公路上山
我喜欢这样慢慢抵达的感觉

阴面的雪还没有融化
我躺下来把从低处走来的自己
交给一片白茫茫的潮湿
此刻我想把根扎进土里
转世成一朵小黄花
摇头晃脑从枯枝间开出来

这是在没有一丝云影的晌午
天黑下来以前
我跟着一条雪水下山
它欢快的样子

不知是要出多远的门

遇到拐弯的时候我们就绕一下
绕到生活的正面
在尚存的天光里继续走下去

七夕，一束花的言语

纱帘飘起来
绿萝继续抽枝的愿望那么明显

恍惚中下楼
去华林山与仙逝的人告别
并保持肃穆

有人与一盏滋味依旧浓厚的茶低语
有人向一杯白酒交出了陈年旧事
有人献上一束菊花又退出来

谁曾把期待镌刻在某一个日子
和一种植物

一定有一些日子特别过
一定有一些特别的日子淡了
那是后来的事

阳光照下来
温暖代替了花语

满天星

把一捧粉色的满天星
分成了两束
但挨在一起

我爱它们枯了老了
仍然好看的样子
爱它们琐碎的幸福
老有所依的晚年

难过的时候
抬头望着它们
对着其中的一瓶笑
父亲看到了我的快乐
对着另一瓶笑
母亲就看到了我的快乐

这样，我就不用每次去看他们
都要等一年
或更久

（原载于《民族文学》2022 年第 9 期）

无处不家乡

冉仲景（土家族）

在双河口果园里

没有果树曾经招摇，即使风来。
孕育才是它们的事业。

比如籍贯双河口的那棵橘树，
因为有着慈悲的血型，
所以枝繁叶茂，沉着坚定。
它以正宫调的姿势，
长期坚守丘陵，把根
深深扎进繁体小楷的族谱之中。
承天地之恩，蒙雨露之德，
开民谣一样素净的花，
结神话一样浪漫的果。
或问：谁才配写出乡村牵肠挂肚的诗篇？
答曰：且听《颂辞》——

"果，枝头上，你是群众。
果，掌心里，你是我痛心的女儿。"

果　酒

酒是果的异乡。
人世间，还有什么比酿造更加温情？

今天，腊月二十三，
我小小的女儿，将在白雪中诞生。
一年即将结束，
我已没有多少节余，
包括欢笑、美梦、狂喜和豪情。
因此，我不敢痛饮。

杯透明，得高擎，
得满心敬畏，庄重地将其举过头顶。
要知道，每一滴酒里，
都藏有整座果园
曾经的叶言、花语、日精、月血，
藏有一缕果魂。

酿造意味迁徙。
醉即感恩：我小小的女儿，以果命名。

巴尔河谷所见

连续七天，
这三头牛都会准时来到，
这片开花的野地里。
不换衣饰，
也不换心情，

任脖子上的铃声，

响彻整个山谷。

它们来吃草，

我来看病。

阳光同时把我们照耀，

了无分别心。

一面悬崖

我是怎么来到沟底的，

我不记得了。

那么多水滴从空中跃下来，

有的打湿头顶，

有的则坠入了深潭。

它们无声无息，

没有预备好看的姿势，

甚至连告别词都没来得及撰写，

就消失于潭水中了。

无须仰头，

我也能看见那面隐形的悬崖。

因为清澈的水底，

已经倒映了，

我一夜变白的头发。

秋　问

真的，该回来了——

掏瓜的人，不必徬徨菜园；

摘桃的人，埋下桃核，以待明年。

倘若膝盖深处传来风湿疼痛，

和天气转凉的信号，

请跟溪流一道学习书法，

让气韵流动起来。

暑热已经过去，悲伤从未经历，

蛙声令池塘空无，

群星闪耀而宇宙寂寥。

绕树三匝，无枝可依，

乌鹊南飞的时候，果，你在哪里？

你的居所，我的家乡

除了远在天涯的弟弟，

谁会关心你两河口外那所瓦房？

时序进入秋天，

果，千万不要独自返乡：

小路若问客何以归，

你会瞬间语塞，答不上来。

彼时，你要是想哭，就去井畔蹲一小会儿，

也许那个憔悴的倒影，

愿意把你倾听。

然而，你失了声，她失了聪，

修葺令人挂肚牵肠。

两河口外，野菊汹涌，

村庄淹于金黄——

果，你曾经的居所，我永远的家乡。

红 柿

柿子熟了。我的表妹叫红。
那段无声的岁月，她掩口而笑，
内心下着茫茫大雪。

我多次正告北风：
不要再这么肆无忌惮地拂来刮去了，
不要把柿子小小的火焰吹灭。

柿红。雪白。
别具一格的太极图里，表妹在"燃烧"。
抱薪救火的我，岂止昏聩。

芙蓉江

野丫头，你没来，
芙蓉江一如既往在流淌。
她源自夜郎，
每个旋涡都涂满了亿万年阳光的釉彩；
每朵浪都那么渺小，
从未自大。

她多么低调，
如同细微的掌纹，
穿行在大娄山腹地和武陵山余脉之中。
通过卦相，
我看见她由南而北的命运，
看见暗影与反光。

芙蓉江是乌江的支系。

她的美，

同样非主流。

即便如此，

婴儿谢天的哭声照常新鲜嘹亮，

拉纤号子仍然古老高亢。

芙蓉江拐弯的时候，

我看见了，

她左岸的苗王寨。

从寨里走出的那两个剽悍的男人：

一个叫沛，

另一个，叫兵。

我双掌卷作喇叭，

喊他们。

他们却赤身裸体去诗句的壕堑里捉鱼捞虾了。

苦荞酒里放蛊，

让我跟山河一道东倒西歪了一回。

芙蓉江其实是我们

共同的姓氏。

她的航道，

由礁石、浪花和欢欣一起构成。

我一旦行驶其上，

便会获得英勇的名字。

往往，芙蓉江隐身的地方，

民歌就从山谷升起。

仡佬族人多声部的合唱里，
她跌宕起伏又
波光潋滟。
并于芦笙舞中展开一场喜气洋洋的婚筵。

没有开头也没有结尾。
因此，芙蓉江，
不会刻意写下缠绵曲折的自传。
她的涛声无限。
她的秋天高到云空，
远到心底。

星夜受孕的农妇，
梦见激流中显身的观世音菩萨。
作为一个被神灵庇佑的人，
她天庭饱满，
光芒丛生。
从上游到下游，她是芙蓉江上最美的母亲。

卸下经历和思想，
解散意味集合。
浪丛中举手的赤子，
要么对江水暂停喧哗骚动表示同意，
要么为了更轻，
特向峡外的云朵提出申请。

每滴水都会奔走二百四十公里。
澎湃和汹涌，
是它们不可避免的履历。
性格中的倔强，

终将在汇入乌江的时候平静和宽阔。

蔚蓝无垠。

芙蓉江，小小的女王。

有两岸辅佐，

每个清晨，都是她新的纪元。

有船歌加持，

她便一直

奔流在我们悲喜交集的生命里。

野丫头，这是芙蓉江，

明年，我会带你来武隆见她。

她有流域面积达七千三百六十平方公里的爱情，

你得备好羞涩和沉默。

跟芙蓉江相比，

你的野性、妖娆、丰腴和硕大，又算得了啥？

（原载于《民族文学》2022 年第 10 期）

雨 季

石才夫（壮族）

蛙 鸣

住在湖边的人
与蛙为邻
它们早晚都要鼓噪一次
有时是因为太热了
有时是向天求雨
真实的原因据说只是求偶
我对这世界所有的噪音
本能排斥
但蛙鸣除外
蛙鸣融于风中
沟通无碍
我怀疑自己其实就是一只蛙
潜伏人间
不平则鸣

鸟 语

每天早晨叫醒我的
那只鸟
与湖边榕树上其他的鸟

截然不同

它声音清脆

悠扬而婉转

隔着玻璃和窗帘

诉说昨日见闻

远方的山火仍在蔓延

洪水冲过的地方

人们在重建家园

暂栖的候鸟已经飞走

去年的燕子

还没有飞回

汛期提前到来

江湖被雨水灌满

就像一个人

突然有了重重心事

整个空气都是潮湿的

动物烦躁不安

稻田则保持安静

我站在一条大河的岸边

看像河水一样流动的

人群

犹豫着要不要告诉他们

洪水就要来了

莲花水库

一朵莲花都没有

连传说都没有

地图上它有另一个名字
它和新桃、下寨、王元
这些村子的名字
和哑巴阿道的名字
都由我精心保管
定期翻晒
总有一天，我会在水里
植一株莲
洛阳亲友如相问
就说这是莲花居

独　山

山上有个洞
像一张嘴
或一只眼
后来开山采石
一车车的石渣被运走
开始是嘴不能说话
后来眼也闭上了
山最后被抹平
现在我回到这里，牧牛人会指着
一片空地
说："从前有座山
山上有个洞。"

田　畴

不是一味地

只长一种庄稼了

禾苗柔弱，稻穗低首

它们的地位不复往日

那些高大的、甜蜜的、青翠的

都要生长

甚至荒芜

也说自己有不生长的理由

那么多年了

每次回乡，我都要到田间走走

有时遇见一头老牛

有时是一位老人

印象中，无论哪个季节

好像都没见到过

最应该见到的

田水

在手机地图上搜一个叫新桃的村庄

如果是平面图

那就是一个小点

和周围那些点

一起构成家园

代表公路铁路的线条

将它们切割

代表河流和湖泊的蓝色

又试图将被割断的血脉

连在一起

有时我打开卫星地图

看一道山脉自南向北

逶迤

在新桃戛然而止

我试图不断放大

想找到实际上无法见到的

那间低矮的砖瓦老屋

以及门上已经褪色的春联——

竹密何妨流水过

山高岂碍白云飞

与弟书

城里住不惯

你就回老家住吧

把我们的田地重新种起

晴耕雨歇

农药勿施

丰歉由天

注意身体

（原载于《民族文学》2022 年第 12 期）